Fogos de Artifício:
Flaubert e a Escritura

Estudos Literários 34

Apoio:
CAPES

Verónica Galíndez-Jorge

Fogos de Artifício:
Flaubert e a Escritura

Ateliê Editorial

Copyright © 2009 Verónica Galíndez-Jorge

Direitos reservados e protegidos pela Lei 9.610 de 19 de fevereiro de 1998.
É proibida a reprodução total ou parcial sem autorização, por escrito, da editora.

Dados Internacionais de Catalogação na Publicação (CIP)
(Câmara Brasileira do Livro, SP, Brasil)

Jorge, Verónica Galíndez
Fogos de Artifício: Flaubert e a Escritura /
Verónica Galíndez-Jorge. – São Paulo:
Ateliê Editorial, 2009.

ISBN 978-85-7480-454-5
Bibliografia.

1. Crítica literária 2. Escrita 3. Estilo
literário 4. Flaubert, Gustave, 1821-1880 –
Crítica e interpretação 5. Teoria literária
I. Título.

09-01988   CDD-808

Índices para catálogo sistemático:
1. Escritura: Composição literária 808

Direitos reservados à
ATELIÊ EDITORIAL
Estrada da Aldeia de Carapicuíba, 897
06709-300 – Granja Viana – Cotia – SP – Brasil
Telefax: (11) 4612-9666
www.atelie.com.br / atelie@atelie.com.br
2009
Printed in Brazil
Foi feito o depósito legal

*Para Rogério, Fernando e Pilar,
agora uma multidão.*

Pourvu que mes manuscrits durent autant que moi, c'est tout ce que je veux. C'est dommage qu'il me faudrait un trop grand tombeau; je les ferais enterrer avec moi, comme un sauvage fait de son cheval. – Ce sont ces pauvres pages-là, en effet, qui m'ont aidé à traverser la longue plaine.

Carta a Louise Colet, 3 de abril de 1852.

Sumário

Agradecimentos 11
Prefácio – *Claudia Amigo Pino* 13
Introdução 21

1. EM TORNO DO PROBLEMA 27

   Alucinação e Escritura 27
   Flaubert e a Escritura 38
   Biblioteca e Repetição 47
   Da Parte à Parte Sem Ir ao Todo? 50
   Diálogos 55
   E a Crítica Genética, o que Tem a Dizer sobre Esses
      Manuscritos? 56
   Questões Acerca da Leitura dos Manuscritos 61
   Caindo nas Armadilhas dos Manuscritos 68
   Uma Procura para Além do (R)Estabelecimento
      de uma Cronologia de Composição 69

2. A EXPLOSÃO DOS FOGOS 77

   O Cavalo do Selvagem de Croisset 77
   Os Espaços Escriturais 83
   Em Torno de Madame Bovary 89
   Como as Mil Peças de um Jogo de Escritura 94
   A Alucinação nos Planos e Roteiros de Madame Bovary . . . 95

A Cena 97
Entre os Roteiros e o Trabalho da Forma 113
La Pioche 116
Mobiliando o Pensamento 134

3. A IMAGEM DA EXPLOSÃO. 151

   A Escritura por Flaubert 151
   O Detalhe 155
   (D)Escrevendo a Escritura. 161
   A Repetição do Detalhe e os Primeiros Deslocamentos Teóricos 163
   A Alucinação e as Reflexões Psicológicas do Século XIX 164
   Alucinação, Imagem e Descrição 171
Conclusão 187
Bibliografia 195

Agradecimentos

Primeiramente a Philippe Willemart, pela escuta sempre atenta e a orientação quase que paternal durante mais esta etapa. Espero não incorrer na estupidez de aqui concluir.

Aos meus colegas do Laboratório do Manuscrito Literário, pelas longas e prazerosas tardes de reuniões repletas de discussões sempre muito complexas. A Claudia Amigo Pino, pelo entusiasmo sempre contagiante e apoio em horas difíceis. A Conceição Aparecida Bento, pelo cuidado e a delicadeza, sempre. A Cristiane Vieira, pelos quitutes sempre deliciosos. A Maria da Luz Pinheiro Cristo, pelo incentivo e presença constante. A Teresinha Meirelles Prado, pelo profissionalismo de sempre e ajuda ainda que à distância. A Rosie, pelo salvamento de última hora. Agradeço a todas a leitura atenta e criticamente indispensável.

E agora, sim, ao amigo e grande leitor Roberto Zular, que antes não podia aparecer.

A Odile de Guidis, pela carinhosa recepção no ITEM e indispensável ajuda técnica.

Aos dedicados e sempre gentis funcionários do Departamento de Letras Modernas, Edite, Cleide, Romilda e Jônatas (*in memorian*).

À família Bellard, por ser nossa família francesa.

A Christiane Suplicy, pela amizade de sempre e o carinho da leitura detalhada.

A Maria Lucia Dias Mendes, pelo apoio maternal e os longos desabafos telefônicos.

A meus sogros Lilliam e Mussi, pela ajuda total e dedicada.

A Dilma, pelos braços que sabem ninar.

A meus cunhados, Guilherme e Gustavo, pelas deliciosas refeições.

A Vavarinne, por estar sempre presente.

A meus pais, Maria Del Carmen e Osvaldo, principais responsáveis por esta escolha, pelo apoio sempre incondicional e por tornarem minha vida mais simples.

Aos colegas da Área de Língua e Literatura Francesa, que tão calorosamente me receberam e incentivaram esta empreitada.

Prefácio

UMA EXPLOSÃO CRÍTICA

A alucinação é uma doença da memória, escreve Flaubert a Taine, sentimos as imagens escaparem de nós como jatos de sangue. Parece que tudo que temos na cabeça explode de uma vez como as mil peças de um fogo de artifício. Em outras circunstâncias, isso começa por uma única grande imagem que aumenta e cobre a realidade objetiva, como uma grande faísca que gira e se transforma em um grande fogo em brasas. Nos manuscritos de *Madame Bovary*, Emma sente sua cabeça partir, tudo foge, ela não tem mais nada, somente o sentimento do seu amor, alucinação, sóis negros. Ela sente a sua alma escapar, tudo que havia nela, lembranças, ideias, imagens, combinações, tudo parte de uma vez, escapa de uma maneira furiosa e geral em uma queima instantânea como as mil peças de um fogo de artifício. Enquanto isso, Frédéric, nos esboços de *A Educação Sentimental*, sente que todos os nomes de cafés já ouvidos brotam de sua cabeça como as mil peças de um fogo de artifício. E voltando a Emma, ela pensa ver, de repente, no ar, sóis da cor de fogo que resplandecem como balas fulminantes girando com fúria para se fundir sobre a neve, entre grossos galhos de árvores.

Eles se multiplicavam, se aproximavam, a penetravam: tudo desapareceu.

De maneira exageradamente resumida, aqui temos parte da leitura-odisseia proposta por este livro. A autora nos convida a uma viagem pela escritura de Gustave Flaubert, mas uma viagem de volta, assim como a de Ulisses. Partimos de uma imagem inicial, a alucinação que gera fogos de artifício, percorremos as diferentes ilhas e mares de documentos do escritor (cartas, textos médicos de referência, planos, roteiros, margens, esboços, livros publicados em vida, livros inacabados etc.) e voltamos à mesma imagem inicial, mas com um novo olhar. O que no início parece um grande espetáculo exterior à personagem, penetra o seu interior, e a deixa a um passo do suicídio ("tudo desapareceu").

Esse novo olhar é do leitor, é um efeito de leitura, mas, como o autor escrevia à medida que lia seus documentos, esse efeito da leitura torna-se também um articulador da escrita. Deparamo-nos assim com uma realidade que pode parecer a princípio estranha: a leitura de um livro é prévia à sua própria escrita.

Para dialogar com esse paradoxo, ela recorre ao termo-móvel proposto por Roland Barthes, "escritura". Em 1953, Barthes defende que a escritura flaubertiana despertaria uma espécie de "sexto sentido" no leitor e também no escritor. Ela revelaria a máscara da literatura, nos faria simplesmente perceber que o que está escrito não é mais que uma farsa, não é nenhuma reprodução da realidade[1]. Uma vez fora da ilusão de realidade, não é mais possível se "identificar" com a personagem, ela torna-se vazia, distante, criticável. Mas essa construção de um segundo olhar crítico não se limita ao leitor: a própria personagem se dá conta do seu vazio, como podemos observar no trecho reproduzido acima.

Um segundo olhar, um olhar crítico, implica um primeiro olhar, uma primeira leitura. Assim, o "sexto sentido" apontado por Barthes se produz na releitura, tanto do leitor que lê a per-

---

1. Roland Barthes, *Le Degré Zero de l'Écriture*, *Ouvres Complètes*, vol. 1, Paris, Seuil, 2002.

sonagem, como da personagem que se observa a si mesma, e como do escritor que lê, também, a sua própria repetição em seus manuscritos.

A relação com o termo escritura não se limita às acepções de 1953 (que, aliás, são bem mais plurais e do que eu pude definir acima). Na apropriação que Henri Meschonnic faz quase vinte anos depois[2], pensar a escritura é "pensar contra". Pensar contra quem? Contra o próprio leitor: pensar a escritura é para Meschonnic pensar como o poema se escreve no leitor, ou seja, como ele o muda em relação ao que pensava antes. Assim, a palavra escritura e o movimento de "se escrever" são próprios da leitura.

É a partir desse "pensar contra" que Roland Barthes define a sua última grande proposta, a sua procura metodológica dos Cursos do Collège de France. Porém aqui o sinal se inverte: enquanto antes era o texto que pensava contra o leitor (suas crenças, suas motivações, seu entorno), agora é o leitor-crítico que pensa contra o texto. Com isso, não me refiro a um texto em particular, mas ao conceito de texto, de unidade. Baseado em Foucault, Barthes defende que todo texto está amparado em um querer-dominar e que a função do crítico (e também do escritor) não é apontar esse discurso em outro discurso de poder e sim sabotá-lo, atacá-lo. Mas como? Barthes propõe uma operação fundamental:

> Eu me persuado cada vez mais que ao escrever e ao ensinar, a operação fundamental desse método de desprendimento é, se escrevemos, a fragmentação e, se expomos, a digressão, ou para dizer de um modo preciosamente ambíguo: a excursão[3].

Ou seja, ele propõe explodir o texto em mil pedaços. Verónica Galíndez-Jorge também poderia ser inserida dentro des-

---

2. Henri Meschonnic, "Science ou Écriture", *Pour la Poétique 1*, Paris, Gallimard, 1970.
3. Roland Barthes, "Leçon", *Oeuvres Complètes*, vol. 5, Paris, Seuil, 2002, p. 446.

sa crítica terrorista proposta por Barthes. Ela escapa talvez do nosso grande discurso de poder dentro do campo das letras: a primazia do texto, a primazia do objeto. Passando de um detalhe de *Madame Bovary*, de outro detalhe de *L'Éducation Sentimentale*, a um manuscrito, a uma carta, a um discurso médico e depois à análise de uma dobradura do papel, ela fragmenta o(s) discurso(s) de Flaubert e assim também permite ao seu leitor perceber a repetição entre os extratos e criar, ele próprio, um segundo olhar sobre seu texto. Ainda como terrorista, ela nos obriga a experimentar na pele o que antes só víamos de longe.

O Olhar Espacial

Os mil pedaços que sobram do texto, depois da explosão, são chamados neste livro de "espaços escriturais". Com esse nome, a autora evita chamá-los de documentos de um processo, já que não constituem a prova material de qualquer hipótese sobre a criação. São espaços que de alguma maneira ou outra foram conservados e expostos ao leitor contemporâneo, seja como livro póstumo, versão anexada como apêndice, manuscrito fac-similado e editado em edição de luxo, edição de correspondência ou mesmo como documento disponível em uma biblioteca. Na terminologia da *Arqueologia do Saber*, de Foucault – livro aludido em diversas passagens –, eles teriam atingido um estatuto de "enunciado" e possuiriam condições de enunciabilidade semelhantes às do texto publicado.

Por que usar a palavra "espaço"? A crítica literária tem abordado esse conceito de forma bastante diferente. Em primeiro lugar, pela óbvia mudança de enfoque: enquanto os estudos literários têm pensado o espaço como um elemento da realidade recriado e transformado em "símbolo"[4], Verónica

---

4. Talvez um dos mais belos exemplos dessa crítica sejam os textos de Antonio Candido em *O Discurso e a Cidade*, ou mesmo seu artigo clássico sobre o espaço em *Grande Sertão: Veredas*, "O Homem dos Avessos".

Galíndez-Jorge propõe aqui o estudo da literatura como criadora de espaços materiais da suposta "realidade". Em segundo lugar, pela diferença de função. Enquanto o espaço simbólico usado pela crítica literária é um instrumento de ligação entre diferentes níveis narrativos, que cria cadeias interpretativas para a obra, para a autora os espaços aqui valem pelas diferenças que estabelecem entre si e pela impossibilidade de gerar uma linha explicativa.

Como a autora repete várias vezes no texto, longe de tecer uma linha, longe de encontrar qualquer "chave" para explicar a escritura de Flaubert, ela estaria mais próxima de criar uma "espiral de leitura". Essa é a função dos espaços: mover essa espiral, ou seja, mostrar que a escritura de Flaubert volta sempre ao mesmo lugar, mas que, a cada volta, ela gera um lugar diferente.

Talvez mais do que com a crítica literária, esse uso do espaço dialogue com alguns conceitos da geografia, especificamente com a obra de Milton Santos. Embora suas reflexões pareçam à primeira vista muito distantes de nós, a sua diferenciação entre espaço e lugar pode nos ajudar a entender a espiral proposta neste livro.

Vamos tentar entender a diferença. Para ele, o espaço não pode ser tomado como um dado, mas como um conjunto de ações e objetos. Essa série de ações não é particular para cada região ou país: é globalizada. As ações que organizam o espaço correspondem a ações globais, mais especificamente ações que beneficiem o capital das empresas multinacionais. Todas as regiões, todos os países seriam organizados socioespacialmente a partir dessas práticas que beneficiam os interesses de uma elite. Já cada lugar torna-se exponencialmente diferente dos demais. Assim, enquanto temos um só espaço, uma só elite globalizada que impõe suas ações, cada lugar do mundo é diferente um do outro[5].

5. *A Natureza do Espaço*, São Paulo, Edusp, 2002, p. 339.

Dessa forma, os espaços escriturais propostos poderiam ser pensados como os "lugares" definidos por Milton Santos e o seu valor residiria na sua diferença em relação ao espaço globalizado da escrita, que poderíamos identificar como os supostos planos narrativos de Flaubert. Ali, segundo aparentam seus manuscritos, ele estabelecia tudo o que seria usado em etapas posteriores, como um documento-globalizado que impõe suas ações. Mas a cada nova dobra nesse plano, a cada redação de uma cena, um lugar diferente ao plano – e ao lugar anterior – se impõe por sua vez. Flaubert usaria esse movimento de resistência do lugar em relação ao espaço como motor de sua escritura. Como afirma a própria autora, "a escritura, portanto, se caracterizaria pelo intervalo"[6].

A Miopia que não Permite Enxergar o Fim

Voltemos à alucinação de Emma. Nos manuscritos iniciais, ela sente apenas sua cabeça partir, tudo foge, ela não tem mais nada. Mas durante a viagem intervalar proposta por este livro, vemos essa alucinação ganhar um chão mole como água e sulcos de arado que parecem ondas, na sua cabeça aparecem reminiscências, ideias, ela vê o seu pai, o gabinete do seu marido em outra cidade, o seu quarto de lá, outra paisagem, gralhas voando e finalmente os globos de fogo que aparecem como balas fulminantes, para se fundir na neve, entre os galhos das árvores.

A cena inicial se povoa de imagens. Por um lado, esse povoamento estaria relacionado com o olhar hipertrófico não só de Emma, mas também de outras personagens realistas, que só poderiam pensar através da representação de imagens e de quadros mentais. Essa situação seria motivada, segundo a discussão de Philippe Hamon – inicialmente seguida pela autora deste livro –, pela superabundância de imagens à qual o público burguês era exposto no século XIX. Porém o olhar hipertrófico não é ape-

---

6. *Idem*, p. 92.

nas da personagem. No uso de comparações ("chão mole como água", ou "sulcos de arado que parecem ondas"), as imagens também brotam no texto, projetando no olhar do leitor representações visuais que ninguém, dentro da narrativa, pode ver.

Segundo Verónica Galíndez-Jorge, mais do que pintar um quadro cada vez mais preciso, mais nítido, o povoamento de imagens da escritura de Flaubert nos deixaria míopes. Assim como a própria Madame Bovary, nós esquecemos o motivo das ações, o sentido da cena, nos deixamos prender – ou talvez perder – por um detalhe, ou por vários. E assim perdemos o chão, ou chão se torna mole como água.

Junto com esse chão, a personagem e o leitor perdem também a linearidade da narrativa. Passado, presente e futuro se confundem: as imagens que se sobrepõem pertencem a tempos bem diferentes. No exemplo citado, Emma vê (e não lembra) o seu pai já morto, o consultório do seu marido no passado, outras paisagens. A autora no decorrer do livro apresenta outros exemplos em que o futuro também entra em cena: a personagem projeta acontecimentos, desejos cumpridos.

Dessa forma, a alucinação se situa em uma parada na linearidade narrativa:

> Em ambos os casos, a construção alucinatória é feita de sorte que se produza uma pausa temporal, uma suspensão. Seria justamente essa suspensão, resultante do uso inovador do imperfeito, que contribuiria para o estabelecimento de um silêncio, de um vazio, de uma leitura[7].

A partir desse artifício, é possível perceber uma das razões pelas quais Flaubert ainda é tão citado por romancistas contemporâneos. Ele parece ter apontado a saída para o drama do romance, desencadeando várias tentativas suicidas de franqueá-la. Para explicar o que seria esse drama, passo a palavra para um escritor contemporâneo, Jacques Roubaud, que apesar de ter escrito vários romances, dificilmente aceitaria o título de romancista:

---

7. *Idem*, p. 186

A forma romance se inscreve no tempo, avança e percorre a flecha irreversível do tempo. A flecha temporal é o demônio do romance. No romance, há um início, há um ou alguns meios, e enfim há um fim. É a fatalidade da forma-romance como forma-não-poesia: terminar em um fim. Esse é o drama.

Todo romance, quando termina, decepciona: *porque* ele termina.

(Um poema (estou prevendo a sua objeção), à diferença do romance, está sempre aberto na memória, ele existe porque não acaba.)

O fim do romance é o suicídio da narrativa. (Um fim voluntário.)[8]

Para Roubaud, o poema, cuja razão de ser é ser para a memória, só existe para ser relido. Se lêssemos um livro de poemas uma vez só, seria como se jamais o tivéssemos lido. Já quando estamos muito absorvidos em um romance, não há nada mais triste, mais melancólico, do que fechá-lo e colocá-lo em cima de uma mesa.

A pausa da escritura alucinatória de Flaubert nos impõe a releitura. Durante os segundos que o nosso chão se transforma em água, que passado e presente da narrativa se confundem, e que finalmente a tormenta de imagens nos torna míopes, o texto se esvai, já não o vemos. No parágrafo seguinte, ele aparece novamente, mas, para entender as ações da personagem, nos obriga a voltar. E assim voltamos e nos perdemos novamente.

Este livro é um convite para que a escritura de Flaubert nunca termine, esteja sempre aberta na memória e que Madame Bovary nunca desça a colina, nem a cidade, nem o mercado, que jamais chegue à botica do farmacêutico.

CLAUDIA AMIGO PINO

---

8. Jacques Rouband, *Poésie, Etcetera: Ménage*, Paris, Stock, 1995, p. 237.

Introdução

> *Introduction: mot obscène*
> Dictionnaire des Idées Reçues

Desde o primeiro momento da confecção deste livro questionei-me a respeito das relações entre uma crítica que se propõe a tratar da criação literária, a Crítica Genética, e os contornos que essa crítica adquire neste trabalho. Decidi, não sem grandes dificuldades, adotar uma forma que revelasse o processo de construção desta leitura da escritura flaubertiana. Não se tratou apenas de estabelecer um contexto de relevância para a própria pesquisa; ou seja, um apanhado geral sobre o autor estudado e sobre a obra analisada, a exposição das correntes críticas constitutivas do arcabouço teórico. Antes de qualquer coisa, esta tese reflete anos de análise e leitura acerca de um objeto que extrapola os limites acadêmicos que o caracterizariam como objeto de pesquisa, já que tentamos apreender aspectos da própria escritura. Este livro tenta, daí talvez sua limitação, resgatar não somente o prazer da leitura, mas também o prazer do exercício crítico dessa leitura, da pesquisa.

Apesar da primeira leitura de *Madame Bovary* datar da adolescência, e do aprendizado no programa de língua e literatura francesa, como a maioria dos jovens estudantes, nunca pensara poder abordar obra tão vastamente comentada e analisada. Ainda assim, uma das leituras obrigatórias apontadas pelo professor Philippe Willemart para a seleção dos alunos que orientaria em Iniciação Científica era o volume de contos de Flaubert, os *Três Contos*, já que devíamos apresentar um fichamento de seu livro de análise dos manuscritos de "Hérodias". Foi essa a primeira vez que li Flaubert com objetivo crítico ou, pelo menos, visando uma leitura crítica.

No decorrer dessa leitura, chamou atenção o primeiro conto: "Un Cœur simple". Decidi trilhar a constituição do olhar do personagem Félicité, a partir dos manuscritos transcritos editados por Bonnacorso[1]. Conforme lia as transcrições, percebia que, ao olhar do personagem, estavam atrelados outros elementos que já haviam sido apontados por Willemart em sua leitura dos manuscritos de "Hérodias", dentre eles a alucinação. Busquei compreender por que a estrutura alucinatória era desenvolvida nos manuscritos e mantida na versão publicada, enquanto o termo alucinação propriamente dito desaparecia. Além disso, concluí, desta vez ao longo da dissertação de mestrado, que as várias alucinações presentes nos manuscritos apresentavam exatamente a mesma estrutura poética: a descrição de um vazio que antecede a irrupção da alucinação, seja ela visual ou auditiva, introduzida por *tout à coup* [de repente]. Contudo, talvez por não ter contato com os manuscritos, acabei propondo uma leitura essencialmente temática do recorte, analisando as confluências sugeridas pelo texto, sobretudo com a psicanálise, a partir da noção lacaniana de pulsão e com a teoria bergsoniana da memória e suas relações com o tempo. Apesar da aparente disparidade conceitual, resultante da inclusão de nomes e teorias tão conflitantes, o objetivo era, então, o de apresentar as correspondências proporcionadas pela leitura que construíra.

Finalmente, para o doutorado, decidi aprofundar a questão das sistematicidades estruturais na composição das alucinações, como apontado acima, mas, desta vez, tentando, em um

---

1. Giovanni Bonnacorso, *Corpus flaubertianum I – "Un Cœur simple"*, Paris, Hachette, 1995.

primeiro momento, ler os demais romances. Cheguei à ousadia de propor a inserção das obras de juventude no recorte, o que se mostrou impossível pelas razões que seguem. Contrariamente ao que ocorrera no mestrado, tive a oportunidade de consultar longamente os manuscritos na Biblioteca Nacional da França[2]. Vale, no entanto, ressaltar o movimento motor desta proposta: as sistematicidades quanto à estrutura das alucinações foram percebidas durante o primeiro trabalho a partir dos manuscritos, que me levaram a reler a obra publicada à procura das mesmas estruturas[3], para depois retornar aos manuscritos e, o que não significa necessariamente o final, retornar ao texto publicado. Pode-se, portanto, pensar este trabalho, em sua totalidade, não como um movimento perpétuo, mas, e vou ao encontro de um projeto inacabado de Flaubert, como uma *espiral*[4]:

> Lembras que te falei de um romance metafísico (em formato de plano), no qual um homem, de muito pensar, acaba tendo alucinações nas quais o fantasma de seu amigo aparece, para chegar à conclusão (ideal, absoluta) das premissas (mundanas, tangíveis)?[5]

Tentarei, aqui, oferecer ao leitor pelo menos uma parte desse movimento: partirei da versão publicada do recorte e mergulharei nos manuscritos para que o leitor possa ler os demais textosflaubertianos. Não pretendo, como esta estrutura já anuncia, refletir, em forma de texto, uma análise plenamente resolvida e oriunda de um *a priori* teórico, tanto para ler as versões publicadas como as manuscritas, o que, para mim, não constitui uma diferença essencial, para moldar a análise do objeto no mais perfeito respeito pelo círculo hermenêutico. A espiral permite

---

2. Graças ao apoio da Fapesp.
3. Inspirada no que Gérard Genette desenvolve em "Silences de Flaubert", *Figures*, Paris, Seuil, 1966, pp. 223-243.
4. Aludo ao projeto nunca desenvolvido pelo autor intitulado *La Spirale*, analisado por Leclerc em *"La Spirale" et le monument. Essai sur "Bouvard et Pécuchet" de Gustave Flaubert*, Paris, Sedes, 1988.
5. Carta a Louise Colet, 27 de dezembro de 1852.

estabelecer certas relações entre a parte e o todo sem a necessidade de relacioná-la de forma hierárquica ou conclusiva. O objetivo principal desta proposta é a releitura da obra flaubertiana a partir de uma abordagem acessível de seu *corpus* manuscrito e não exclusiva a especialistas.

Na primeira parte, abordo, sob vários aspectos, a questão da escritura. Parto da proposta temática que o recorte evoca, a alucinação, a partir da questão da permeabilidade discursiva, como desenvolvida por Rigoli[6] em seus estudos das relações entre retórica, alienismo e literatura do século XIX. Essa noção de permeabilidade me ajudará a compreender a presença, ou o deslocamento, do discurso médico na construção das cenas alucinatórias selecionadas. Em seguida, abordarei a questão da escritura em Flaubert a partir de teorizações de Barthes, Richard e Blanchot[7], que discutem a busca lexical – Flaubert insistia em uma busca da "palavra justa" – e sua relação com a frase. Dessas teorizações apontarei, já introduzindo a alucinação e a permeabilidade discursiva, para as relações entre a frase e os efeitos de sua saturação. Foucault nos ajudará a compreender a questão da repetição, intrinsecamente atrelada à constituição da escritura e à construção da frase, além de definir a estrutura do último capítulo.

A escritura flaubertiana articula, paradoxalmente, o intervalo criado entre a busca pela palavra certa e a repetição da frase feita, do lugar-comum. Bastaria, para o leitor menos avisado, ler a obra inacabada *Bouvard e Pécuchet*, acompanhada do *Dictionnaire des idées reçues*. O leitor experimenta, através da atividade dos copistas, uma incursão pelo universo da linguagem, da escrita, da busca pela originalidade. Os personagens deixam seus trabalhos e se retiram, no campo, onde pretendem dedicar-se primeiramente à agricultura. O que importa reter é o ponto de partida, essencial para nossa analogia. Antes de trabalharem a terra,

---

6. Juan Rigoli, *Lire le délire. Aliénisme, rhétorique et littérature en France au XIXe siècle*, Paris, Fayard, 2001.
7. Jean Pierre Richard, 1954; Maurice Blanchot, 1969.

efetuam exaustiva pesquisa bibliográfica, na crença de que os livros lhes garantiriam o sucesso. Fracassam. Decidem, então, se dedicar a outra atividade e procedem da mesma maneira. A cada fracasso, um novo recomeço. O projeto de Flaubert era abordar todos os campos do conhecimento, o que, por si só, prenuncia a impossibilidade de conclusão da obra. No final, como indica o plano não desenvolvido, os copistas retomariam a única atividade que realmente sabiam desempenhar: copiar. O resultado desta seria um dicionário de frases feitas, o elenco do que Flaubert considerava ser a banalidade burguesa. Essa obra, estruturada por retomadas que sempre partem de pontos diferentes, além de seu caráter inacabado, concretiza o projeto da espiral. Esta figura poderia representar, como pretendi construir nesta tese, a estrutura propriamente dita da odisseia escritural flaubertiana.

Remato o primeiro capítulo discutindo questões teóricas que nortearam a leitura proposta dos manuscritos. Assim, discuto a opção pela leitura do detalhe, a partir dos textos de Sptizer e Auerbach, e a questão do círculo hermenêutico. Em seguida, situo essa escolha no universo da Crítica Genética, analisando diferentes propostas, para, finalmente, delinear uma abordagem. É essencial reter, neste momento, que a leitura aqui proposta dos manuscritos de Flaubert, visa, principalmente, ao diálogo entre as correntes críticas que se encontram na base de minha própria formação. Desvio-me, com afincamento, da leitura de manuscritos para especialistas, que costuma sugerir a necessidade de um trunfo necessário para uma interpretação privilegiada.

O segundo capítulo foi inteiramente consagrado à leitura de Flaubert. Insisto no termo, de forma genérica, porque não me restringirei aos manuscritos. A noção de espaços escriturais, desenvolvida a partir da manipulação dos originais, permite, e até mesmo obriga, a transitar entre texto publicado, cadernos, correspondência, planos, notas, roteiros, rascunhos, margens. Proponho uma leitura de dois trechos alucinatórios: a alucinação que antecede o envenenamento de Emma Bovary, em *Madame Bovary*, e aquela que segue a notificação de herança de Frédéric

Moreau, em *A Educação Sentimental*. Veremos como essas leituras apontam repetições em vários níveis: conceitual, concernente à alucinação propriamente dita e suas relações com a memória; lexical, a busca pela palavra certa que acaba reencontrando lugares-comuns, e gramatical, com o emprego de expressões como *tout à coup*, que acabam se tornando palavras-chave para o desencadeamento de uma construção descritiva particular.

No terceiro capítulo retomo a alucinação, enunciada no primeiro capítulo e lida no segundo, para deslocá-la em direção aos conceitos de imagem e de descrição. A espiral parecerá se configurar mais claramente, já que revisito, assim como faz Flaubert, alguns elementos, para que esse próprio procedimento revele outros aspectos da escritura flaubertiana, tirando o leitor do silêncio anunciado por Blanchot. Configura-se uma construção imagética que, a partir da alucinação, só pode se realizar através de um procedimento descritivo que está para além da representação. Para além, porque articula o excesso descritivo, que levaria a uma paralisação, e temporalidade.

Finalmente, já que também se trata de advertir o leitor, este livro pode deixar de preencher certas expectativas: apresenta uma leitura de manuscritos, muito embora não proponha qualquer teoria a respeito da criação desses romances ou da obra de Flaubert como um todo. Gostaria, enfim, de propor ao leitor uma odisseia de minha leitura da escritura flaubertiana.

I

Em Torno do Problema

Alucinação e Escritura

Não. A alucinação na obra de Flaubert não remete exclusivamente à loucura, ou às visões torturantes da *Tentação de Santo Antão*. Na verdade, e como o leitor bem pode perceber pelo início atropelado que nem sequer tentei evitar, quando digo que trabalho a alucinação na obra de Flaubert, desperto as mais variadas reações. Uma delas é a de estranhamento, já que muitos julgam descabido o tratamento de tal tema na obra de um autor considerado "realista". Outra delas é a associação temática que a simples menção ao termo parece provocar: psicose, loucura, alienismo etc.

Para que a alucinação não adquira proporções maiores do que os caminhos de sua escritura, decidi tentar esclarecer o contexto no qual o termo surge na obra deste escritor, que denota estreitas relações com a literatura científica de sua época para, em seguida, distanciar-se da mesma. Apesar de, em um primeiro momento, julgar que se trataria de informação descartável para esta empreitada, e que bastaria citar os volumes lidos e fichados pelo escritor, a simples enumeração das fontes dificilmente acrescentaria algo à leitura de seus mecanismos de construção. Ao entrar em contato com os pontos de partida conceituais deste recorte temático, é possível, mais facilmente, perceber como se constitui a escritura nesse recorte, pelo próprio distanciamento operado pela escritura em relação a esses mesmos pontos de partida.

Antes de adentrar as leituras efetivamente feitas por Flaubert acerca da alucinação, abordarei o contexto que justifica tal interesse. Em obra exaustiva, Juan Rigoli[1] aborda as relações entre a produção médica, a retórica por ela empregada e a literatura no século XIX na França. A partir de 1800, começam a se multiplicar os livros que tratam das observações médicas a respeito do delírio, dos distúrbios de personalidade, entre outros. Temos, com o doutor Pinel, as primeiras experiências alienistas relativas a distúrbios de comportamento[2], extremamente importantes, já que serão acompanhadas pela construção de um discurso próprio de observação.

Em um primeiro momento de observação da loucura pela medicina, existem relações discursivas profundas entre as descrições, amplamente difundidas no começo do século XIX, das paixões e da alienação. Para o autor, o conhecimento e a descrição da loucura, iniciados nesse século, seriam impossíveis sem essa analogia, que ele classifica de "constitutiva". A loucura era então intimamente associada a excessos de afecções morais, e acreditava-se poder regulá-la por meio dos recursos oferecidos pelo estudo das paixões. Mesmo o crítico se atendo à questão teórica a respeito das paixões e de suas relações com a loucura, interessa, particularmente, a forma como essa questão está articulada através do que se denominou "permeabilidade" dos discursos. Sua tese estrutura-se, então, no modo como o discurso empregado pela medicina para começar a "ler" a loucura e seus sintomas se relaciona com a literatura mediante o emprego da retórica[3]. Esse discurso médico teria sua origem justamente nessas teorias das paixões.

1. *Lire le délire*, Paris, Fayard, 2001.
2. Já que, como se pode ler em *Histoire de la folie à l'âge classique*, Paris, Gallimard, 1972, de Foucault, os hospícios atendiam, desde a Revolução Francesa, um público bastante variado: indigentes, infratores, perturbados etc.
3. Noemi Moritz Kon desenvolve em *A Viagem. Da Literatura à Psicanálise*, São Paulo, Cia. Das Letras, 2003, uma ficção-teórica das relações entre a literatura fantástica, do final do século XIX e particularmente representada por Guy de Maupassant, e a criação, para empregar seu próprio termo, da psicanálise freudiana.

Signo da permeabilidade dos discursos e das disciplinas, a medicina da mente, informada por essa cultura das paixões vinda tanto de seu próprio passado como da retórica e da literatura, modificará, por sua vez, a teoria literária[4].

Nesse sentido, poderia aludir à produção romântica, que proporcionou representações literárias de acordo com as diversas categorias primeiramente definidas por Lemercier e em seguida retomadas por Pinel. Na França, nos anos de 1830, a nosografia alienista ganhou adeptos fiéis, adquirindo estatuto temático com autores como Balzac, Nodier e Gautier, por exemplo. Até mesmo Stendhal interessa-se em "dissecar" a literatura especializada, referindo-se às teses alienistas.

Quanto ao discurso propriamente dito, tratava-se de tentar ler o delírio, até então estritamente traduzido pela expressão física de pacientes. Médicos, como Pinel, perceberam que a loucura poderia se manifestar, entre outros, na construção discursiva de seus pacientes e não apenas em seus gritos e contorções. Assim, encoraja os mesmos a escreverem, ou melhor, descreverem suas experiências alucinatórias. As alucinações eram o formato preferido na época, por se caracterizarem por uma falsa convicção a respeito da realidade, um engano. Freud, mais tarde, preferirá as relações entre o discurso e o sonho, encontrando, nas metáforas da memória, um sistema de funcionamento mais organizado. O curioso, no entanto, é que os médicos também empregarão essa linguagem descritiva para "ler" o delírio em questão. Na verdade, seria melhor pensar que se tratava de *dar a ler* o delírio através da descrição do que começava a se configurar como sintoma. Pinel acreditava que ao descrever os objetos da forma mais rica possível, atualizaria as experiências dos distúrbios. Essa atualização por meio da linguagem, no caso através da descrição, era feita nos moldes retóricos estabelecidos, entre outros, por Quintiliano e

---

4. *Idem*, pp. 156-157. Todas as traduções são minhas.

Longino. Rigoli cita, até mesmo, a existência de um dicionário de figuras do delírio e da sintomatologia, o que reforça seu ponto de partida da permeabilidade discursiva.

Maxime du Camp, grande amigo de Flaubert na juventude, era defensor dos alienistas e importante responsável pela difusão de seus relatos nos jornais da época, através da publicação de críticas que relacionavam a literatura e o discurso alienista com evidente intimidade, como nestes trechos acerca de *Aurélia* de Gérard de Nerval:

> [...] Aurélia, ou *Le Rêve et la Vie*, que é uma espécie de testamento legado às meditações dos alienistas. É um flagrante da loucura, contada por um louco em um momento de lucidez; é uma confissão sincera, na qual a geração das concepções delirantes está explicada com uma clareza extraordinária [...].
> Todo alienista que quiser conhecer o modo de produção dos fenômenos mórbidos a partir dos quais o cérebro dos loucos é trabalhado deverá ler, deverá estudar esse livro[5].

No sentido inverso, do discurso médico em diálogo com a literatura, o século XIX conheceu uma profusão de experiências de autobiografias com alienados, cujo valor era altamente terapêutico, mas que, acima de tudo, oferecia subsídios para a leitura sistemática de sintomas. A fórmula "Memórias de um Louco" foi adotada tanto por pacientes como por escritores. A primeira representação literária do estilo foi a de Goethe, marcando profundamente o espírito do romantismo. Flaubert, que se iniciou na escrita literária ainda muito influenciado por esses valores, apresenta sua versão em obra de juventude intitulada *Mémoires d'un fou*:

> Por que escrever estas páginas? – Para que servem? – Que sei a respeito, eu mesmo? É bem tolo, na minha opinião, perguntar aos homens

---

5. Maxime du Camp, *Souvenirs Littéraires*, p. 198. *Apud* Juan Rigoli, *Lire le delire*, p. 552.

o motivo de suas ações e de seus escritos. – Você mesmo sabe por que abriu as miseráveis folhas que a mão de um louco traçará?[6]

Quanto à importância que tais incursões tiveram para a ciência, e principalmente para a psicanálise, citamos as *Memórias de um Doente dos Nervos*[7], do Dr. Schreber, analisadas por Freud para importante teorização sobre a psicose, e mais tarde retomada por Lacan, tanto nos escritos como nos seminários de 1955-1956.

Contudo, o discurso médico não se serve da literatura a título exclusivamente instrumental, fazendo referência à literatura, e mais especificamente à descrição literária, como ilustração das mais variadas teorias:

> Referências evidentemente padronizadas, que vemos aparecer de tratado em tratado, e muito especialmente naqueles que propõem uma história ao mesmo tempo médica e literária da "alucinação", das "visões", do "êxtase" e dos "sonhos", como as grandes contribuições de Brierre de Boismont ou de Calmeil. Os alienistas não cessam de encontrar exemplos e testemunhos em um domínio no qual a literatura ocupa um lugar importante[8].

Seria possível, até este momento, resumir a questão da adoção de formas textuais pelo discurso médico como uma tentativa de "revelar" a loucura por meio da linguagem. Assim, deparamo-nos na literatura, essencialmente, com duas possibilidades de diálogo: a repetição do discurso médico ou, o simples oposto, a contestação desse mesmo discurso. O campo literário parece, portanto, operar uma certa apropriação crítica desse discurso. Da mesma forma como encontramos um fisiologista aprendiz – *Louis Lambert* – na obra de Balzac, transformando a loucura, e sobretudo a alucinação, em tema passível

---

6. *Mémoires d'un fou*, p. 49.
7. Rio de Janeiro, Graal, 1984.
8. Rigoli, 2001, p. 433.

de elaboração literária, o que encontramos em Flaubert é essencialmente diferente. Temos, na verdade, um discurso que, pela própria reflexividade muitas vezes reduzida à simples ironia, permite explorar dados da criação de forma análoga à leitura dos sintomas no que tem de mais característico: a constituição pela linguagem, ou pela construção de linguagem.

Cabanes, em obra que trata das relações entre o corpo e a doença no século XIX, reflete igualmente acerca dessa construção de linguagem a partir de um diálogo com os discursos vigentes. Aponta os conflitos existentes na obra de Flaubert entre a aspiração romântica prestes a ser superada, reconhecida como base de sua formação literária, e a ideologia científica emergente. O autor articula tais conflitos a partir da ironia presente na linguagem construída para os personagens, que se encontram caracterizados em um intervalo entre a tipificação e uma individualidade que classifica de lírica. Afinal, o que "subsiste do idealismo flaubertiano após a primeira *Educação Sentimental*, encontra seu campo de aplicação na criação de uma linguagem"[9]. A imagem irônica não só da linguagem médica como de sua prática, tal como lemos em *Bouvard e Pécuchet*, é o resultado de longos anos de trabalhos e leituras minuciosas de vários tipos de tratados médicos sobre: o envenenamento, as alucinações, as operações ortopédicas, a inanição, a histeria. Ainda assim, falamos de um efeito, já que os personagens em questão, como Emma Bovary, tentam vivenciar suas leituras, sofrendo as consequências da impossível adaptação. O que Cabanes aponta com propriedade a respeito dessa lenta construção de uma linguagem própria, e que passa, entre outras, pela linguagem científica, é seu uso em caráter ficcional. Em outras palavras, a linguagem médica flaubertiana é também resultante de uma leitura ficcional do discurso médico vigente; procedimento tanto mais interessante que o encontramos de forma praticamente sistematizada na construção de *Bouvard e Pécuchet*. Destacamos

9. *Idem*, pp. 177-178.

este caminho, que encontra suas bases de elaboração na tese de Kristeva sobre a polifonia, ao mesmo tempo que o autor "recolhe ideologias para criar 'protótipos' ou 'instâncias de fala' "[10].

Sem entrar por ora na questão teórica a respeito da construção específica dessa linguagem, o objetivo essencial deste percurso é, reitero, a importância que ambos autores conferem à construção e não à simples reprodução de um discurso médico que seria possível até mesmo qualificar de próprio de cada autor. Depois de estabelecido este percurso teórico, podem-se refazer algumas leituras feitas por Flaubert sem incorrer em tautologia, o que impediria uma reflexão, posteriormente, a respeito de uma possível teoria da escritura a partir da leitura das alucinações nos manuscritos flaubertianos.

Inicio este percurso pela obra que talvez seja a mais significativa para as relações temáticas aqui presentes: o tratado sobre as alucinações de Brierre de Boismont. O ponto de partida do médico, que apresenta longamente sua lista de condecorações para, certamente, validar seus propósitos, é o contexto cultural. Em outras palavras, a teoria acerca das alucinações que pretende apresentar estaria intimamente ligada à crença no maravilhoso, a um certo contexto romântico de produção de ideias marcadas pelos contos de E. T. A. Hoffmann.

Tudo o que há em Santa Teresa, em Hoffmann e em Edgard Poe eu senti, eu vi. Esses alucinados me são muito compreensíveis[11].

Apesar de não contar com registros precisos da primeira leitura que Flaubert fez do tratado, sabe-se, como aponta de Biasi na edição dos cadernos de trabalho, que foi relido a partir de 1869, tanto para uma nova versão da *Tentação* como para *Bouvard e Pécuchet*.

---

10. M. Bakhtine, "Une poétique ruinée" (présentation), *La poétique de Dostoïevski*, Paris, Seuil, 1970, p. 18. *Apud* Rigoli, 2001, pp. 214-216.
11. Carta a Mlle. Leroyer de Chantepie, 30 de março de 1857.

Na introdução do tratado de Boismont[12], a título de embasamento teórico, temos a interessante relação entre a atividade intelectual e a produção de imagens associada à atividade alucinatória:

> Os sinais sensíveis que formam os materiais exclusivos das alucinações, tudo o que determina uma impressão forte na mente pode, em determinadas circunstâncias, produzir uma imagem, um som, um odor etc. Assim, quando um homem se dedica longamente a meditações profundas, vê frequentemente o pensamento que o absorvia se revestir de um formato material; quando o trabalho intelectual termina, a visão desaparece e ele a explica com leis naturais. Mas se esse homem vive em uma época na qual as aparições de espíritos, de demônios, de almas, de fantasmas, são uma crença geral, a visão se torna realidade, com a diferença que, se sua inteligência é saudável, sua razão clara, essa aparição não o controla, e ele consegue lidar com os deveres da vida tão bem quanto aquele que não teria alucinações.

Percebe-se, de forma interessante, que a produção de alucinações, e não sua simples ocorrência, não é caracterizada como exclusiva da loucura. Trata-se de um tipo de atividade intelectual, uma forma de produção de imagens. A questão da sanidade daquele que as produz é prévia: se o homem é são não se deixa enganar pelas alucinações. Contudo, o autor reconhece que sua classificação não é simples, validando seu trabalho, já que muitas afecções nervosas e estados de loucura apresentam a alucinação como sintoma possível.

Logo no início de sua teorização, desenvolve a importante oposição entre alucinações, "percepção dos signos sensíveis da ideia", e ilusões, "falsa apreciação de sensações reais". Além de conhecer a diferença conceitual, estabelecida não apenas por Boismont, veremos como a escritura de Flaubert acaba produzindo outros significados.

Outro dado importante desta teoria é a capacidade que o indivíduo não caracterizado como louco teria de controlar as alucinações, e reconhecer seu engano:

---

12. Brierre de Boismont, 1852, p. 5.

Mil fatos físicos e morais provam que a alucinação (nossos comentários se aplicam igualmente às ilusões) nem sempre é sintoma da loucura. Na verdade, ela pode ser determinada por um erro de óptica, uma forte preocupação da mente, uma disposição doentia do corpo, sem que haja, para tanto, perturbação da razão; o que a caracteriza, o que a diferencia das outras espécies, é que aquele que as experimenta pode controlar suas ideias, mudar seu curso, compará-las, e reconhecer a falsidade de sua sensação[13].

Ou seja, qualquer estado de alteração física ou emocional permitiria, *a priori*, a ocorrência de atividade alucinatória sem que para tanto o indivíduo fosse caracterizado como louco. Explorando outras possibilidades, como as alucinações ligadas a uma atividade intelectual, Boismont defende que as imagens produzidas poderiam estar associadas a certo tipo de funcionamento da memória. Justifica sua proposição a partir do exemplo de indivíduos que, ao concentrarem sua atenção sobre determinado tipo de paisagem, conseguem transformá-la em paisagens de lugares visitados durante viagens, por exemplo. Ou seja, a alucinação, tal qual um mecanismo, poderia associar-se à memória para transformar ou transfigurar estímulos reais.

Ainda no quadro de alucinações que trabalhariam em conjunto com a razão, existem as que surgem, sem para tanto implicarem qualquer tipo de confusão de percepção, como resultado de disfunções circulatórias e nervosas, tipo particularmente interessante para a leitura da alucinação de Emma Bovary. Interessa, também, a estreita relação que o autor estabelece entre a produção de alucinações e a memória, porque as mesmas seriam compostas de reminiscências, lembranças e sensações "depositadas" durante muito tempo no cérebro.

O tratado, no melhor da prática da época, é repleto de exemplos colhidos não só de "casos" literários, mas também de pacientes de primeira ou segunda mão. O que se mostra intrigante, contudo, é a estrutura empregada para o relato das expe-

---

13. *Idem*, p. 28.

riências alucinatórias desses pacientes. Lembremo-nos da tese de permeabilidade discursiva apresentada durante a leitura de Rigoli e reconheceremos uma estrutura, porque não narrativa, presente nas alucinações flaubertianas:

> Uma senhora de aproximadamente sessenta anos, de grande suscetibilidade nervosa, era às vezes afetada por visões singulares. *De repente* ela via um ladrão entrar em seu quarto [...][14].

Ou ainda:

> Durante os dez últimos meses do ano de 1790, conta o estudioso, eu tivera dissabores que me afetaram profundamente. O dr. Selle, que tinha o hábito de me sangrar duas vezes por ano, julgara que essa vez seria conveniente efetuar uma só emissão sanguínea. Em 24 de fevereiro de 1791, após uma viva altercação, percebi *de repente*, à distância de dez passos, uma figura de um morto [...][15].

Sem dúvida, o leitor não teve qualquer dificuldade em reconhecer o emprego de [de repente] quando do surgimento da imagem. Note-se que a mesma expressão é empregada tanto na narrativa indireta do caso de uma paciente como na prática autobiográfica, no caso do segundo paciente. Finalmente, destaco a importância que Boismont dá à produção escrita engendrada pela atividade alucinatória, já que era prática comum dos indivíduos acometidos por alucinações descreverem tanto as imagens como as sensações em seguida. O autor ressalta a atividade de escrita particularmente profícua desencadeada pelos indivíduos cujas alucinações são predominantemente auditivas; as imagens e as sensações seriam "ditadas" ao ouvido daquele que alucina, restando-lhe apenas transcrevê-las. É uma imagem que certamente apresenta forte influência do mito da criação que imperou até o romantismo, seja pela voz divina de pombos que ditavam textos

---

14. *Idem*, p. 31.
15. *Idem*, p. 37.

ou pela existência de musas que inspiravam os criadores. De qualquer forma, fica aqui uma relação, ainda que embrionária, entre a atividade alucinatória, ou sua imagem, e a criação literária.

Esquirol[16], autor muito citado por Boismont, se atém ao caráter essencialmente biológico associado a toda espécie de distúrbios: alucinação, êxtase, tédio profundo, epilepsia. O mais interessante de sua obra é o fato de seu ponto de partida estar centrado em Darwin. O cientista inglês associou as alucinações ao delírio, caracterizando-as como fenômenos que atingiam apenas um dos sentidos. Os exemplos usados para ilustrar as alucinações foram tomados da literatura, ao contrário do que apresentamos anteriormente para Boismont, baseados em casos clínicos. Temos o "homem que toma um moinho de vento por um homem", "um buraco por um precipício", ou ainda "uma nuvem por uma cavalaria".

Mesmo se um pouco posterior à produção de *Madame Bovary*, a leitura que Flaubert fez de Maury[17] mostra-se particularmente interessante, já que apresenta o conceito de "alucinações hipnagógicas", empregado por Flaubert para caracterizar suas alucinações ao crítico Taine na carta de 1866, a ser retomado adiante. Destaquem-se as relações que Maury estabelece entre esse tipo de alucinação e a produção de imagens nos sonhos, como se as alucinações fossem uma espécie de mecanismo desencadeado por determinadas condições da atividade mental. Assim, uma pessoa muito ativa intelectualmente poderia desenvolver esse tipo de alucinação, igualmente comum em pessoas com problemas de pressão arterial, o que se chamava fluxo sanguíneo, dores de cabeça e outros estados nervosos. Se o leitor retornar à cena alucinatória de Emma Bovary, perceberá a estreita relação entre um maior fluxo sanguíneo e o surgimento das imagens. Percebe-se ainda o campo de permeabilidade discursiva desenvolvida por Rigoli.

16. Jean-Étienne-Dominique Esquirol, *Des maladies mentales* (1838), Paris, Frénésie Éditions, Collection INSANIA Les Introuvables de la Psychiatrie, 1989.
17. Alfred (Louis-Ferdinand) Maury, *Le sommeil et les rêves. Études psychologiques sur ces phénomènes et les divers états qui s'y rattchent*, Paris, Didier et cie, 1861.

Até este ponto, tentou-se estabelecer um contexto de circulação de ideias que justificasse, se tal é possível, um interesse temático da parte do *scriptor*[18] flaubertiano. Este, por sua vez, estaria então inserido em um contexto de produção literária que, ao citar ou subverter o discurso médico vigente, acaba se configurando em um campo independente[19]. Trata-se, entre outras coisas, de perceber como o fazer literário, a escritura, configura e constrói esse diálogo. Interessa, então, perceber em que medida o *scriptor* flaubertiano se distancia do discurso médico, lido e anotado, para recriar a alucinação. Pelo menos em um primeiro momento.

Flaubert e a Escritura

O ponto de partida para a escolha do recorte aqui apresentado está estreitamente relacionado com conceitos já bastante explorados pela crítica literária e, especialmente, pela crítica flaubertiana. Contudo, apesar de ser um dos autores mais estudados da literatura francesa, e de constituir leitura confessa de vários de nossos grandes escritores, a produção crítica brasileira é curiosamente escassa.

Assim, propõe-se aqui um passeio pelos teóricos mais estreitamente ligados ao que construí como visão acerca da questão da escritura flaubertiana. É importante ressaltar que estou longe de uma fortuna crítica, já que a escolha dos autores relaciona-se

---

18. Entendo o termo, a partir de uma composição do que Willemart desenvolve ao longo de sua obra crítica, como a mão que escreve, o sujeito que escreve para além de sua biografia e em pleno processo de construção de sua autoria através da incursão pela escritura, pelo poético, como veremos adiante.
19. Refiro-me, claramente, à noção de campo literário desenvolvida por Bourdieu. Este se configuraria a partir do século XIX, momento em que a literatura conhece o surgimento de escritores "profissionais". A literatura resultante dessa prática agora diferente, e Flaubert seria um dos pivôs dessa mudança, possuiria regras próprias, o que lhe permitiria interagir com os demais campos (social, econômico etc.). (1996 [1992]).

intimamente com a possibilidade de estabelecermos um diálogo frutífero com a crítica genética, esqueleto teórico desta leitura.

Primeiramente, um termo-guia de qualquer leitura flaubertiana e que sempre me seduziu: escritura. A alusão a Barthes parece incontornável, mas ainda não cessou de produzir seus encantos, quando relacionada ao caráter ativo que oferece ao fazer literário. No caso da escritura flaubertiana, o crítico propõe a imagem de uma odisseia, marcada, essencialmente, pelo que se conhece como correções de estilo. A importância de tais correções repousaria no fato de tocarem diretamente o código da língua, "incitando o escritor a viver a estrutura da linguagem como uma paixão"[20].

Ora, esse tipo de experiência com a linguagem, visível por meio das correções – que terão papel crucial ao longo deste texto –, deixa marcas definitivas no que se conhece como produto final deste escritor. Barthes nunca precisou consultar os manuscritos – restringiu-se à correspondência – para reconhecer em Flaubert o papel inaugural na atribuição de um valor-trabalho à literatura. Esse trabalho incessante, marcado pela "vertigem da repetição", estaria particularmente representado, ou mais facilmente visível, na organização da frase:

> O drama de Flaubert (suas confidências autorizam o emprego de um termo tão romanesco) diante da frase pode ser assim enunciado: a frase é um objeto, nela uma finitude fascina, análoga à que regula a maturação métrica do verso; mas ao mesmo tempo, pelo próprio mecanismo de expansão, toda frase é insaturável, não se dispõe de qualquer razão estrutural para pará-la aqui ou lá[21].

Seria possível então pensar em uma leitura de romances que desenvolveriam um tema, à moda do projeto temático balza-

---

20. "Tais correções não são meros acidentes retóricos; elas tocam no primeiro código, o da língua, elas incitam o escritor a viver a estrutura da linguagem como paixão"."Flaubert et la phrase", *Nouveaux essais Critiques*, Paris, Seuil, 1953-1972, p. 137.
21. *Idem*, p. 143.

quiano, por exemplo, e que possuiriam musicalidade, construção de imagens que dariam conteúdo à forma, ou o contrário.

Entretanto, e Barthes não deixa de anunciá-lo, o problema flaubertiano repousa justamente na contradição que tal dinâmica acaba por sugerir: a frase é insaturável. Ou seja, a falta de razões estruturais para a conclusão de uma frase, e que na fórmula acima seriam representadas pela métrica na poesia, obrigam o escritor a criar seus próprios limites. Ao mesmo tempo em que a frase representa a liberdade da prosa, Flaubert se obstina na procura da frase insubstituível, procura esta encabeçada pela palavra perfeita: *le mot juste*.

A escritura flaubertiana começa então a se delinear. Trata-se, neste primeiro momento, da expressão de uma dinâmica que confronta, em permanente tensão, a liberdade da construção da frase com a limitação de sua melhor expressão. Destaque-se, ainda, a procura pela palavra como uma forma de estabelecer limites à virtualidade da frase romanesca.

Em outro momento, o mesmo crítico alude a Flaubert como fundador de uma "escritura artesanal"[22], motivada por grandes questões burguesas, ou melhor, antiburguesas, cuja exigência de existência repousaria na constatação de uma necessidade e de uma Lei:

> Flaubert fundou uma escritura normativa que contém – paradoxo – as regras técnicas de uma patologia. De um lado ele constrói sua narrativa por uma sucessão de essências, e de forma alguma segundo uma ordem fenomenológica (como será o caso de Proust); ele fixa os tempos verbais em um emprego convencional, de forma que possam agir como signos da Literatura, a exemplo de uma arte que chamaria atenção para sua artificialidade; ele elabora um ritmo escrito, criador de uma espécie de encantamento, que, longe das normas da eloquência falada, toca um sexto sentido, puramente literário, interno aos produtores e aos consumidores da Literatura. E, de outro lado, esse código do trabalho literário, essa soma de exercícios relativos ao labor da escritura, sustentam uma

---

22. *L'artisanat du style, op. cit.*, pp. 47-48.

sabedoria, se quisermos, e também uma tristeza, uma franqueza, já que a arte flaubertiana avança apontando sua própria máscara[23].

Esse labor da escritura, do qual já mencionei o trabalho da frase e a busca pela palavra certa, ficaria então plasmado na própria literatura, até mesmo para o leitor, passando a ser integrado em suas estruturas de construção:

> Essa preocupação com a beleza exterior de que você me recrimina é para mim um método. Quando descubro uma má assonância ou uma repetição em uma mesma frase, tenho certeza que estou dando passos em falso. De tanto procurar, encontro a expressão certa, que era a única e que é, ao mesmo tempo, a harmoniosa. A palavra não falta quando se tem a ideia [24].

Proust, um leitor privilegiado da obra de Flaubert, haja vista seus pastiches, nos oferece sua leitura[25] desse "artesanato do estilo" em resposta à leitura publicada pelo crítico Thibaudet na *Nouvelle Revue Française*. Proust chama atenção para a forma como Flaubert manipula a gramática francesa, que consiste, essencialmente, na subversão do uso de estruturas gramaticais formais. Assim, atenta para o uso do imperfeito, que subverte as relações de continuidade e ruptura de ações; da conjunção "e", que "sempre inicia uma frase secundária e quase nunca termina uma enumeração" e dos pronomes de terceira pessoa, cuja função passa a ser a de "ligar dois parágrafos para que uma visão não seja interrompida"[26]. É esse emprego subversivo do que a língua pode lhe oferecer, segundo Proust, que faz que Flaubert se

---

23. *Idem*, pp. 47-48.
24. Carta a George Sand, 14 de março de 1876.
25. Publicada por primeira vez no número de janeiro de 1920 e depois republicada no volume intitulado *Chroniques*. Aqui, extraí o texto da edição Folio Classique, Paris, 1965, do *Education sentimentale*, pp. 473-476.
26. "(Em uma palavra, no caso de Flaubert, 'e') sempre começa uma frase secundária e quase nunca termina uma enumeração" (*Idem*, p. 476); "(Mas nesta segunda página de *A Educação*, trata-se de) ligar dois parágrafos para que um ponto de vista não seja interrompido [...]", p.473.

torne Flaubert a cada uso. Tem-se, por assim dizer, a construção de uma literatura essencialmente marcada pela artificialidade, cujos artifícios, ou estruturas formais, interessarão mais tarde.

Um outro marco da crítica flaubertiana francesa é, sem dúvida, a produção de Jean-Pierre Richard. Em seu livro sobre Stendhal e Flaubert[27] o crítico explora a sensação como grande tema e estabelece um percurso teórico que em nada se assemelha ao que aqui se propõe, mas que não deixa de suscitar interessantes questionamentos acerca das questões que não resolve. A questão da sensação aparece não somente de forma temática, mas também parece constituir-se em operador teórico. O crítico vai passeando pela miríade de temas tradicionalmente levantados pela crítica flaubertiana para estabelecer sua relação com a produção de sensações no leitor. O capítulo dedicado especificamente a Flaubert, intitulado "A Criação da Forma em Flaubert", aponta, na verdade, para os diversos contornos que o desenvolvimento de uma forma adquire. Naquele que o crítico qualifica como um dos grandes textos do escritor, *Madame Bovary*, independente do tema de análise proposto, o desenvolvimento da frase remete sempre ao mesmo tipo de sensação: a opacidade.

Colocando lado a lado os grandes romances e apoiado na correspondência, empregada como documento legitimador, o crítico observa as repetições que constituiriam os *topoi* flaubertianos. Todos esses temas, que vão da comida às ilusões e ao bovarismo, representam formas literárias da opacidade. Nunca se fala, como foi o caso para Barthes, em um conflito entre a forma e o conteúdo do representado, mas é frequente a alusão a um resultado desse binômio. O leitor estaria permanentemente obrigado a se deparar com uma dinâmica entre o detalhe e o todo em "comunhão informe". Haveria, em Flaubert, a expressão de uma confusão permanente entre tempos e espaços, representada, essencialmente, pela profusão de imagens e a repetição de pequenos detalhes.

---

27. *Littérature et sensation. Stendhal et Flaubert*, Paris, Seuil, 1954, col. Points.

No tocante à escritura propriamente dita, Richard evoca, através da comparação entre os testemunhos plasmados na correspondência e a atividade literária publicada, a violência da experiência literária flaubertiana. Trata-se de um apetite insaciável pela renovação do já adquirido, da experiência já vivida. Para Flaubert, a única possibilidade da experiência total seria a escritura. Esta partiria da expressão já consolidada para ultrapassá-la de forma mais plena e violenta.

E como esse desejo não poderia se satisfazer plenamente, a frase incha, se estende, se preenche, a ponto de explodir, de um turbilhão de palavras e imagens: a necessidade do absoluto toma, nela, a forma de um apetite de totalidade[28].

Surge, mais uma vez, a questão da frase. Essa frase, que luta permanentemente com suas próprias regras de construção, com os modelos pré-existentes, dando, paradoxalmente, a sensação de ausência de movimento, de coexistência de elementos que engessariam a prosa.

Finalmente, esse trabalho atormentado ganha características de confusão quando se trata de definir o "estilo" de Flaubert:

Chega-se então a um estilo que exagera a acrobacia verbal para mascarar a confusão profunda. Estilo explosivo, feito de tiques verbais, de cadências muitas vezes testadas, que dá ao leitor e deveria dar a seu autor satisfações superficiais, mas que não permite o acesso a qualquer verdade interior. Deplorar, como Flaubert o faz, a distância que separa a ideia vaga da expressão precisa, e a dificuldade de fazê-las coincidirem entre si, significa reconhecer os próprios dados do problema literário e toda a extensão de um vazio que a progressão interior do estilo se propõe justamente a preencher[29].

Guio o leitor para o surgimento de algumas constantes que começam a se delinear. Alude-se, especificamente, a constantes

---

28. *Idem*, pp. 190-191.
29. *Idem*, pp. 236-237.

críticas, elementos que os críticos enumeram, apontam, acabam desenvolvendo a partir de uma ou outra teoria e que não perdem seu estatuto de questões. Chama-nos a atenção, particularmente, o fato das críticas flaubertianas serem, eis o termo incontornável, constantemente motivadas pelas repetições, sejam estas de ordem temática ou estilística, presentes nos diversos romances – ou, como se verá mais tarde, nos manuscritos. Outra constante, que desde já aponto, é o efeito de vazio produzido pela narrativa flaubertiana. No caso recém-apresentado, denominou-se sensação de opacidade, mas trata-se de uma espécie de impotência crítica diante desse inchaço da frase flaubertiana. Diante da frase que nos obriga a calar.

Passando a uma leitura definitivamente díspar com relação à recém-comentada, justifico a escolha de oferecer ao leitor o percurso de construção de um olhar crítico-teórico, que precedeu minha abordagem dos manuscritos objetos desta reflexão. Trata-se do belíssimo capítulo que Blanchot consagrou a Flaubert a partir da leitura que Foucault faz da obra de Roussel. Blanchot apresenta Flaubert como um dos marcos inaugurais do que poderia ser chamado de "história da escritura". A escritura de que trata o crítico seria um "demônio perverso, silencioso e ausente que, na era moderna, faz de todo escritor um Fausto sem magia"[30].

O ponto de partida teórico que interessa mais especificamente seria a constatação de que a grande "descoberta" flaubertiana teria sido a incursão pelos limites da prosa. Segundo Willemart, a partir da análise do *incipit* de *Salammbô*[31], tratar-se-ia de uma incursão pelo poético através da rasura. Ao atrelar a descrição ao registro poético, distanciando-se da mimese e da vasta documentação de que se serviu para alimentar essa descrição, a "rasura do poético" manteria o escritor, e diríamos até a escritura propriamente dita, no poético, acabando por configurar

---

30. "Le problème de Wittgenstein", *L'Entretien Infini*, Paris, Gallimard – NRF, 1969, p. 487.
31. Philippe Willemart, *Bastidores da Criação Literária*, São Paulo, Iluminuras, 1999, pp. 15-50.

seu estilo. Seria, portanto, a partir da rasura, no sentido amplo que Willemart lhe confere, que se daria a entrada no poético, o início da incursão pela língua, em um intervalo entre a aquisição e a experimentação, articulado pela escritura. Contudo, e talvez seja o mais importante por ora, não se trata da prosa como o "espaço do romance" – que, na verdade começa já a se constituir na França com Balzac –, mas de uma espécie de enigma da linguagem, representado pela busca da palavra que Blanchot denomina *droite* [certeira] e não *juste* [correta].

Mesmo sem analisar qualquer manuscrito, mas simplesmente contrastando a correspondência com a obra publicada, Blanchot sugere que Flaubert, apesar de parecer bastante consciente de si mesmo e de seu trabalho, apreende com muita dificuldade as verdadeiras implicações de tamanho labor. Ou seja, essa busca pela palavra certa, justa, apropriada, indispensável, insubstituível, implica a busca por uma linguagem, a partir de uma nova atribuição à linguagem da qual o escritor não era consciente, uma linguagem que se desloca, ao mesmo tempo, pelos limites impostos pelas restrições e pelas virtuais combinações possíveis. Percebe-se, aqui, a semelhança entre essa linguagem e o que Barthes atribuiu à escritura. Entretanto, seria fácil discorrer acerca da diferença entre a experiência como vivida pelo artista e como construída pela recepção contextualizada de sua obra. Preferi, ainda, manter essa dimensão da empreitada na qual o escritor se implica para se deixar construir dentro de regras não-sabidas, posto que a proposta é analisar um *corpus* que, se não possui movimento propriamente dito, apresenta traços de um suposto movimento criativo.

Nesse sentido, Blanchot chama atenção para a questão sempre levantada pelos críticos, mas, desta vez, em sua potencialidade. A questão da forma na escritura flaubertiana estaria associada à angústia[32], à ansiedade, ao investimento do escritor e não

---

32. "É a angústia da forma que se torna importante em Flaubert, e não a significação que ele lhe atribui aqui e acolá, ou, mais exatamente, essa ansiedade é infinita, à mediada da experiência na qual ele se sente implicado, contando com referências pouvo claras para delimitar sua direção". *Idem*, p. 489.

simplesmente ao significado que adquire para o mesmo em sua própria correspondência. O fato de nela ser possível encontrar, com bastante frequência, a expressão de um combate relativamente consciente com a forma literária, independente do significado que o escritor lhe atribui, remete à própria materialidade da literatura tal como está sendo produzida – tanto nos projetos que visam à publicação como nas demais instâncias: correspondência, cadernos de viagem, cadernos de trabalho, rascunhos...

O trabalho da frase confronta o escritor com as formas preestabelecidas, com todas as leis que as mesmas implicam, como a sonoridade, o lugar-comum, o enciclopedismo. Blanchot vê o trabalho de Flaubert como trágico, distinguindo-o do "artesanato da forma", proposto pelas regras de Boileau e retomado, de forma bastante diferente, por Barthes. O excesso de trabalho, largamente atestado na correspondência através do esforço de horas de correções, remete, na verdade, a uma frase impossível. Quanto mais trabalhada a frase flaubertiana, maior o silêncio. Dizer muito é calar, efeito produzido, essencialmente, pelas fórmulas mais simples, como "ele fechou a porta", que não deixam de ser repetições ou reiterações.

O crítico decide, então, explorar o avesso da reivindicação flaubertiana de que existiriam poucas formas disponíveis na linguagem para a expressão de muitas "coisas". Ao constatar que o escritor não consegue fugir das formas já disponíveis, conclui que, na verdade, existem formas demais. Essa insuficiência da linguagem, de que fala Flaubert, revela uma falta do que pode ser significado e a falta inerente à linguagem. O ato de fala é expressão da falta. Ao considerar o conjunto de formas da linguagem como finito, bastaria, segundo Blanchot, que esse "algo" que busca expressão não a encontre para deparar-se com o infinito da linguagem. A linguagem, assim, só adquire sentido à proporção que se torna insuficiente. Chega-se, então, à reviravolta proposta por Blanchot: o universo das "coisas" é insuficiente para preencher a linguagem, e Flaubert, na realidade, estaria diante de um excesso de formas. Esse movimento de questionamento da fórmula flaubertiana, usada sempre de maneira bastante estática e assentada pela crítica em geral, leva a pensar nas dimensões das repetições flaubertianas. Em outras palavras, ao usar, repetidamente, determinadas fórmulas de linguagem, o leitor se depara, ao mesmo tempo, com um esvaziamento do significado que a forma tinha até então e com o silêncio da linguagem diante do universo de possibilidades que a mesma acaba abrindo.

BIBLIOTECA E REPETIÇÃO

Em sua bela, porém curta, reflexão acerca da *Tentação de Santo Antão*, Foucault aponta para a repetição, assim como a maioria dos críticos acima citados. Repetição, primeiramente, de ordem quase que mecânica, já que Flaubert escreve três versões completas, excluídas desta "contabilidade" as versões reescritas dos rascunhos, em três diferentes momentos de sua vida e de sua obra, ou seja, de sua formação escritural.

Outra dimensão dessa repetição, e que igualmente remete à constituição da escritura flaubertiana, seria, para Foucault, de ordem ritualística:

> A *Tentação* existiu antes de todos os livros de Flaubert (seu primeiro esboço pode ser encontrado em *Mémoires d'un fou*, em *Rêve d'enfer*, em *La Danse des morts* e, sobretudo, em *Smahr*); e foi repetida – ritual, exercício, "tentação" repelida? – antes de cada um deles[33].

Assim, o trabalho desenvolvido nessa obra mimetiza, de certa forma, um trabalho mais amplo de construção escritural, de projeto literário. Esta perspectiva redireciona o olhar sobre o restante da obra, a saber, uma escritura de objetivo contínuo,

---

33. *La Bibliothèque fantastique. À propos de la* Tentation de Saint Antoine *de Gustave Flaubert*, Bruxelles, Ante Post, 1995 (Paris, Seuil, 1983), p. 6.

que não pretende se completar a cada romance acabado. Não é, portanto, casual que o projeto de *Bouvard e Pécuchet* tenha sido visto, desde o início, como uma empreitada inacabável. Existiu, neste exercício de repetição, uma busca de caráter escritural, uma busca pela literatura, que foi muito além do que Flaubert conseguia formalizar nas reflexões esboçadas na correspondência. Percebe-se, então, que muito mais do que uma possibilidade de (re)construção de percurso, de hipóteses de construção, seus manuscritos oferecem pistas dessa espécie de não sabido escritural para além do exercício, velado pela repetição.

Em um terceiro nível de repetição, Foucault sugere a biblioteca imanente. Para ele, o universo fantástico descoberto por Flaubert não se situa na produção de efeito no leitor, mas "entre o livro e a lâmpada", na leitura, nas referências que se devem ter para que o próprio ato de leitura provoque seus efeitos no saber. "Para sonhar não é preciso fechar os olhos, é preciso ler"[34]. Essa leitura se faz no reconhecimento de uma miríade de detalhes, retrabalhados ao limite do silêncio – posto que acabam por silenciar suas fontes – mas que produzem seus ecos no imaginário do leitor.

> Nada melhor do que o rumor assíduo da repetição para nos transmitir o que acontece uma só vez. O imaginário não se constitui como real para negá-lo ou compensá-lo; ele se estende entre os signos, de livro a livro, no interstício das repetições e dos comentários; ele nasce e se forma no entre-dois dos textos. É um fenômeno de biblioteca[35].

Outra dimensão dessa escritura seria possível a partir das relações entre a obra e tudo o que já foi escrito. Apesar de Foucault referir-se exclusivamente à *Tentação*, pode-se estender sua reflexão ao restante da obra, de maneira mais ou menos presente, através do recurso aos manuscritos.

---

34. *Idem*, p. 9.
35. *Idem, ibidem*.

É uma obra que se constitui, desde o começo, no espaço do saber: ela existe em uma espécie de relação fundamental com os livros. É o que explica o fato de ser talvez mais do que um simples episódio na história da imaginação ocidental; ela abre o espaço de uma literatura que só existe na e para a rede do já escrito: livro no qual age a ficção dos livros. [...] Não é simplesmente um livro que Flaubert, durante muito tempo, sonhou escrever; ela é o sonho dos outros livros: todos os outros livros, sonhadores, sonhados, – retomados, fragmentados, deslocados, combinados, distanciados pelo sonho, mas por ele também aproximados à satisfação imaginária e cintilante do desejo. Mais tarde, *O Livro* de Mallarmé será possível, depois Joyce, Roussel, Kafka, Pound, Borges. A biblioteca está em chamas[36].

A repetição começa, então, a adquirir outros contornos. Além de exigir uma leitura que não se basta na própria obra, obrigando o leitor a estabelecer uma rede de conexões, antecipando as correspondências baudelairianas, cria uma dimensão circular, se não espiral. Ao evocar a dimensão do já escrito, convida-se o leitor à escuta atenta do murmúrio da literatura evocada, fugindo da ideia de uma literatura que conteria apenas um acúmulo, um arquivo, como define Foucault, das obras que a precederam.

A última dimensão dessa repetição, que permeia o ensaio de Foucault, refere-se à cópia, evidentemente relacionada a *Bouvard e Pécuchet*. O fato de a literatura se autoincluir, mais do que usar de autorreferência, significa atribuir à linguagem uma reflexão sobre si mesma, tornando-a uma "existência invisível que transforma a palavra passageira no infinito do rumor"[37]. E é precisamente para esse rumor que se deve atentar, pois parece estar para além de qualquer projeto, de qualquer "mecânica" de construção romanesca ou sintática, constituindo-se em escritura, cujos parcos traços perpassam os manuscritos.

---

36. *Idem*, p. 10.
37. *Idem*, p. 31.

Da Parte à Parte Sem Ir ao Todo?

Os anos de formação literária ensinam, dentre outras possibilidades, a efetuar leituras de detalhes que possam ser relacionados, durante a análise do texto, ao todo, e vice-versa, completando formalmente o círculo hermenêutico. Apesar das críticas a tal proceder, sempre me perguntei o que me atraía tanto nas leituras teóricas encabeçadas por Spitzer, Auerbach e Candido, para – já que se trata de escolhas – citar apenas alguns. São compreensíveis as ressalvas feitas ao longo do tempo ao ilusório encerramento interpretativo que tal proceder acabava impondo ao texto, mas nunca consegui desvincular-me de seu motor: a leitura ou, visto que se trata de crítica, a releitura do trecho cuidadosamente selecionado, da parte revisitada.

Ao enumerar os caminhos críticos constituintes desta leitura dos manuscritos, cito, rapidamente, os autores acima. Pretende-se, por agora, pontuar os momentos decisivos dessas leituras na constituição teórica deste proceder, para relacioná-los com as possibilidades abertas pela a leitura de manuscritos.

Começando pelo já clássico texto de Auerbach[38], o leitor é guiado didaticamente pelos caminhos trilhados pelo ensaio: a questão do realismo como grande tema geral, a partir da análise de um trecho que nada tem de particular, apesar de o autor alegar tratar-se de um ponto culminante na descrição de um dos grandes temas de *Madame Bovary*, o tédio, mas que poderia – a meu ver – ter sido substituído por qualquer outro. Sem discutir, por enquanto, a questão da mimese – que julgo muito atrelada à própria forma teórica escolhida – delineiam-se algumas etapas essenciais desse percurso teórico que não faz mais do que confirmar a ficção que o próprio escritor cria, *a posteriori*, em sua correspondência sobre seu processo escritural.

---

38. "Na Mansão de La Mole", *Mimesis*, São Paulo, Perspectiva, 1994, pp. 405--441. Aponto, contudo, o problema que pode gerar o cotejamento entre esse texto e o seguinte, "Germinie Lacerteux", que vai no sentido diametralmente oposto do primeiro, desqualificando, de certa forma, Flaubert devido à falta de um *comprometimento* histórico social, como também se lê em Lukács.

Primeiramente, destaca-se a total subordinação, tanto temática como narrativa, do trecho em relação ao todo. Cada recorte temático pode ser "justificado" pelas partes, sejam elas os personagens, as cenas, os diálogos, as descrições. Assim, como Flaubert colocava em sua correspondência, cada parte deveria ser indispensável e insubstituível, como as pérolas de um colar perfeitamente unidas por um único fio:

> O detalhe é atroz, sobretudo quando se ama o detalhe como eu. As pérolas compõem o colar, mas é o fio que faz o colar. Ora, enfiar as pérolas sem perder uma sequer e sempre segurar o fio com a outra mão, eis a malícia[39].

Depois de estabelecida essa relação, a análise do trecho, tanto no tocante ao procedimento narrativo como ao tema, pode representar a análise da obra como um todo. Auerbach analisa, então, questões teóricas como o foco narrativo e a construção de um discurso indireto livre.

Uma vantagem de tal procedimento, no contexto da própria obra teórica, é poder estabelecer uma espécie de cânone da literatura ocidental, já que ao efetuar esse tipo de relação entre a parte e o todo de vários autores, o crítico pode colocá-los lado a lado. Outra é, indubitavelmente, a maior facilidade de se pensarem elementos de teoria literária de forma comparativa e geral. Contudo, e já tratando das desvantagens, perde-se um pouco da riqueza do detalhe, privilegiando a leitura geral, que deve ser inserida em um paradigma de produção mesmo que para indicar a sua quebra – como é o caso de Flaubert em relação a Stendhal ou Balzac e a representação no âmbito do que o crítico chama de "realismo moderno".

No epílogo da obra, o crítico apresenta seu procedimento teórico, realçando a questão da representação da realidade na literatura através do conceito de mimese – por ele considerado a partir da *República* de Platão. Quando fala em representação da

---

39. Carta a Louise Colet, 26 de agosto de 1853.

realidade, alude a uma realidade histórico-social, à representação de grandes movimentos sociais, por exemplo, na literatura. Coloca, como auge da realização estética da mimese, o movimento realista francês do século XIX, iniciado por Balzac e Stendhal. Estes teriam sido os responsáveis pelo tratamento literário de pequenos elementos da vida cotidiana, entre eles pequenos personagens, sempre inseridos em seu contexto histórico-social. Tratava-se de escritores sérios e cujo trabalho de representação seria, segundo o crítico, bem-sucedido. As demais obras são analisadas em um movimento confessamente evolutivo:

> Quando Stendhal e Balzac tomaram personagens quaisquer da vida quotidiana no seu condicionamento às circunstâncias históricas e as transformaram em objetos de representação séria, problemática e até trágica, quebraram a regra clássica da diferenciação dos níveis, segundo a qual a realidade quotidiana e prática só poderia ter seu lugar na literatura no campo de uma espécie de estilística baixa ou média, isto é, só de forma grotescamente cômica ou como entretenimento agradável, leve, colorido e elegante. Completaram, assim, uma evolução que vinha se preparando fazia tempo (desde o romance de costumes e a *comédie larmoyante* do século XVIII e, mais nitidamente, desde o *Sturm und Drang* e o pré-romantismo) – e abriram caminho para o realismo moderno, que se desenvolveu desde então em formas cada vez mais ricas, correspondendo à realidade em constante mutação e ampliação da nossa vida[40].

O problema que tal questão evolutiva apresenta é que o crítico precisa construir um contexto histórico-social relevante, cuja representação deseje ler na literatura. Dessa forma, é somente possível escolher obras que estejam atreladas, tanto para uma boa como para uma má representação, a esse contexto. Assim se perpetuam as escolas, o cânone literário. Estabelece-se uma base necessariamente comparativa entre os escritores, abrindo mão da análise das individualidades e, por conseguinte, do efeito estético propriamente dito de cada produção em seu próprio e único contexto.

---

40. Eric Auerbach, *Mimesis*, São Paulo, Perspectiva, 1994, pp. 499-500.

De qualquer forma, mesmo se por meio do emprego teórico da figura, o crítico apresenta, fato interessante, primeiramente um trecho do texto que será lido. O propósito é que, a partir do recorte oferecido ao leitor, este possa já intuir do que se pretende tratar, sem uma apresentação teórica prévia. Seria então possível desprender, do recorte, as características do texto que seriam posteriormente abordadas pelo crítico a partir dos elementos já mencionados: representação realista séria manifestada pelo uso da figura. Alega, ainda, ter-se deixado levar pelo jogo de leitura do texto para chegar a um método interpretativo, e que a escolha dos textos não visava amparar um *a priori* teórico. Entretanto, o que se observa, rapidamente, pelos problemas levantados, por exemplo, quanto à análise de Flaubert, díspar em um intervalo de capítulos, é que a própria operação de escolha de um recorte e seu posicionamento no interior de um capítulo, por si só, pressupõe uma teoria prévia à proposta interpretação.

Finalmente, não se pretende desqualificar obra tão significativa, inclusive porque faz parte das bases de construção de nossos pressupostos teóricos. A questão com este texto é justamente apontar os elementos de aproximação e aqueles que apontam para um distanciamento. Neste caso, ressalta-se a dimensão histórico-social que as técnicas de representação podem conferir à obra flaubertiana, principalmente porque incluí nesta leitura os manuscritos, que pertencem ao universo privado do escritor. Ainda que se argumente que o fato de Flaubert os ter guardado e organizado pressuporia uma intenção de recepção, de leitura, sua escassa publicação, sobretudo póstuma, os tira do jogo histórico-social. Os manuscritos, neste caso específico, circulam exclusivamente em uma esfera especializada. A publicação de *La Fabrique du pré*[41] aconteceria muito mais tarde.

Outra base teórica, Spitzer ficou conhecido como o crítico da leitura estilística, dado que tentarei compreender. Ao longo de seu capítulo sobre Rabelais, o crítico aponta para caracte-

---

41. Francis Ponge, *La Fabrique du pré*, Paris, Skira, 1971.

rísticas do caminho teórico que está desenvolvendo, a partir, principalmente, de suas reflexões sobre a linguística. A questão que se deve colocar ao crítico é de

> [...] ir da superfície em direção ao "centro vital interno" da obra de arte: observar primeiramente os detalhes na superfície visível de cada obra em particular (e as "ideias" expressadas pelo escritor, são apenas um dos traços superficiais da obra); em seguida agrupar esses detalhes e tentar integrá-los ao princípio criador que deve ter estado presente na mente do artista; e finalmente retornar a todos os outros campos de observação para ver se a "forma interna" que se tentou construir dá conta da totalidade[42].

Em seguida, integra o procedimento ao que chama de "círculo filológico", procedimento comum às ciências humanas, que consiste em partir da análise de detalhes para chegar ao todo e poder, mais uma vez, analisar outros detalhes constitutivos da obra de arte. Ainda se, aqui, não pretendo efetuar idas e vindas entre o detalhe e o todo para conferir um sentido à obra estudada, a motivação deste tipo de abordagem continua a interessar:

> Por que insistir tanto sobre a impossibilidade de propor ao leitor um modo de análise que pudesse ser aplicado, passo a passo, às obras de arte? É que o primeiro passo, do qual todos os outros dependeriam, não pode ser previsto; ele deve sempre já ter sido dado. É a consciência de que acabamos de ser tocados por um detalhe e que esse detalhe mantém uma relação fundamental com a obra; ou seja, que fizemos uma "observação" que é o ponto de partida de uma teoria; ou que tenhamos sido levados a elaborar uma pergunta, que pede uma resposta. Se começamos dando o primeiro passo em falso, fracassamos em toda tentativa de interpretação [...][43].

A natureza aberta do objeto em questão acaba produzindo um distanciamento da interpretação. Depois de esclarecido ao leitor que não se deseja efetuar uma leitura cronológica, nem muito menos filológica, dos manuscritos, não se pretende chegar a um

---

42. Leo Spitzer, *Études de style*, Paris, Gallimard, 1970, p. 60.
43. *Idem*, p. 67.

ponto qualquer. Há, portanto, apenas pontos de partida, são fragmentos, detalhes separados cronológica e estruturalmente entre si, que permitem praticar – e estou consciente do abuso – uma espécie de ficção daquilo que poderia articular esses diferentes tempos e espaços, que são os manuscritos, a correspondência, os cadernos, a obra publicada. Em suma, busco poder continuar a espiral que a leitura flaubertiana propõe a partir do exercício crítico, a partir de uma ficção dessa escritura.

É necessário, ainda, ressaltar que ambos os críticos, a partir da entrada imediata no texto, incitam o leitor a retornar ao texto literário propriamente dito, em vez de se ater aos comentários, à literatura secundária. Trata-se, portanto, e em ambos os casos, de exercícios críticos de construção de leitura. O leitor deve, especialmente segundo Spitzer, se sentir "atraído" pelo texto que lê; este deve produzir um efeito:

> [...] quantas vezes, com toda a experiência metodológica que acumulei ao longo dos anos, comecei no vazio, como um dos meus estudantes de primeiro ano, sobre uma página que não produzia nenhum efeito mágico. O único meio de sair dessa esterilidade é ler e reler, com obstinação e confiança, tentando impregnar-se completamente da atmosfera da obra[44].

Diálogos

Tentou-se, em um primeiro momento, situar o leitor quanto aos pontos de partida teóricos, ou seja, quanto aos elementos necessários para que esta leitura se torne relevante ou, no mínimo, compreensível. Na verdade, minha vontade era nunca sair das armadilhas dos passeios entre o texto publicado e seus manuscritos, ir de um detalhe ao outro, de uma obra a outra. A ilusão da leitura infinita, que remete a outras leituras, interminável, é bruscamente quebrada pela atividade que acabou por criar um abismo entre o leitor comum e a esfera daqueles que definem

---

44. *Idem*, p. 67.

as altas literaturas. Curiosamente, as leituras mais inspiradoras desta análise de Flaubert foram feitas por escritores, especialmente Barnes[45] e Vargas Llosa[46], que nada mais querem além de perpetuar a experiência de leitura, tentar explicar o motivo do retorno ao texto, seja ele a mera curiosidade, a identificação pessoal, a aversão à crítica, a inspiração, o fascínio.

Assim, tentei direcionar a atividade crítica ao puro prazer, através da escolha deliberada de uma única imagem que sempre ecoou em meus ouvidos após a leitura, como a frase de Vinteuil, comprovando, talvez, a eficácia do *gueuloir*. Tentei, dessa forma, justificar este percurso, iniciando somente após a leitura dos manuscritos, um diálogo com a crítica brevemente apresentada anteriormente.

E A Crítica Genética, o que Tem a Dizer sobre Esses Manuscritos?

Inicio esta reflexão acerca da alucinação a partir da questão levantada por Rigoli e denominada permeabilidade do discurso[47]. Para alguns críticos, a diferença entre discurso e escritura não é muito clara. Não raramente, o leitor pode se deparar com análises que fazem uso das leituras feitas por Flaubert, quase que invariavelmente acompanhadas de anotações e comentários em sua correspondência, como verificadores de um ou outro trecho de análise. Assim, o que foi lido no âmbito do discurso médico, técnico, social, passa a servir de justificativa para o suposto "realismo" que se atribui à obra deste escritor.

Entretanto, se me ativer à questão da permeabilidade do discurso, percebe-se que este se torna um dos elementos de

---

45. Julian Barnes, *O Papagaio de Flaubert*, Rio de Janeiro, Rocco, 1988 (1984). [Trad. Manoel Paulo Ferreira.]
46. Mario Vargas Llosa, *La Orgía perpetua. Flaubert y Madame Bovary*, Barcelona, Seix Barral, 1975.
47. Juan Rigoli, *Lire le délire*, Paris, Fayard, 2002.

composição da escritura, que só é criada nos intervalos[48] dos discursos que a linguagem abriga, passível de observação e, quem sabe, análise *a posteriori*. Neste caso, a "leitura pelas frestas" foi feita a partir das frestas dos manuscritos, do que escapava do corpo do texto, das tensões entre as versões e entre os *espaços escriturais*.

O diálogo com a crítica genética se inaugura por um artigo de Jacques Neefs sobre as relações entre escritura e a concepção de roteiro [*scénario*] nos manuscritos flaubertianos. O crítico toma como ponto de partida as teorizações que Claude Simon fez a respeito da escritura e cuja retomada não é sem interesse:

> Nunca se escreve (ou descreve) algo que aconteceu antes do trabalho de escrever, mas o que se produz (e isso em todos os sentidos do termo) ao longo do trabalho, no *presente* deste, e resulta, não do conflito entre o muito vago projeto inicial e a língua, mas, ao contrário, de uma simbiose entre os dois que faz, pelo menos comigo, que o resultado seja infinitamente mais rico do que a intenção[49].

Trata-se de uma escritura que surge em um tempo permanentemente presente, atrelando sua matéria ao seu surgimento, o que nos remete a uma certa reflexividade característica da ficção pós-naturalista, como aponta Neefs. O interessante dessa reflexividade repousa em sua conotação exploratória, já que a própria ficção conteria elementos da escritura e vice-versa.

A escritura, neste caso, só pode significar uma coincidência, no presente, sempre retomada, com o que ela tenta captar, com aquilo para onde se deixa guiar, em seu movimento, e deve retirar sua forma, sua vi-

---

48. Só foi possível desenvolver esse olhar a partir da leitura que Zular propõe do intervalo conceitualizado por João Alexandre Barbosa: "Ao tentarmos ler o intervalo pelas frestas do texto, procurando entender o seu funcionamento, o par interior/exterior [...] multiplica-se em inúmeros outros, como sociologia/literatura, hitória/literatura, psicanálise/literatura etc., e passamos a construir o sentido imersos na historicidade da literatura em seu jogo retro/prospectivo de contínua indeterminação e re-determinação" (Roberto Zular, 2001, p. 20).
49. Claude Simon, *Discours de Stockholm*, Paris, Minuit, 1986, p. 25.

são de conjunto, de uma estrutura que não mais depende exclusivamente da trajetória de uma história[50].

O mais interessante desse ponto de partida é que permite ler manuscritos, como os roteiros, já a partir de uma abordagem ficcional e não exclusivamente programática. Dessa forma, tornamo-nos um pouco mais sensíveis às tentativas estilísticas, às tentativas estéticas, em vez de procurar, incessantemente, o "já presente" ou "ainda não desenvolvido"[51]. Tais são as bases de que o crítico se serve para ler, com auxílio dos demais espaços escriturais[52], diversos roteiros de Flaubert, começando pelo primeiro roteiro de *Madame Bovary*. É claro que o que mais chama atenção é a questão da virtualidade narrativa, ou seja, as possibilidades narrativas que, admitindo uma certa cronologia, sabe-se que não foram exploradas. Contudo, é também possível observar a presença do detalhe da ficção.

E, principalmente, a maneira como Flaubert "pensa" o detalhe de sua ficção mostra bem que se trata de pensar uma "história", as ligações, as situações, no formato da obra. O pensamento de roteiro tenta, mimeticamente, multiplicar os elos significativos, as figuras consistentes, ele se aproxima de uma estrutura diegética a ser precisada permanentemente, virtualmente sempre mais complexa[53].

Essa questão de adiantar o detalhe para, em seguida, relacioná-lo com o conjunto da obra, adaptando-o uma e outra vez, obriga a escritura a pensar, de forma simultânea, a matéria ficcional e sua composição. Daí sugerir em uma atividade es-

---

50. Jacques Neefs, "La projection du scénario", *Études Françaises*, 28, Paris, 1, 1992, p. 68.
51. Aludo, especificamente, aos trabalhos críticos que vão aos manuscritos para recensear os elementos que, comparativamente à obra publicada, já estavam presentes ou ainda não haviam sido desenvolvidos.
52. A saber: a correspondência, o texto publicado, outros roteiros, demais manuscritos, como desenvolverei mais tarde.
53. *Idem*, pp. 70-71.

tética observável nos manuscritos flaubertianos – ao contrário do que se poderia esperar da atividade de um escritor tão longamente rotulado de realista.

O crítico fala de uma memória interna "feita de um lugar, de um espaço, de afeições e de pensamentos, que parece ser trabalhada, para lhe dar uma presença intensa, a que dará o tom do universo ficcional e da prosa romanesca"[54]. O movimento de leitura é acertado, mas prefiro pensar na construção da própria escritura, a partir dos discursos que representam espaços, lugares, afeições e pensamentos. Uma escritura feita não de colagem ou plágio, como já se atribuiu a Flaubert, mas de uma reflexão sobre os diversos discursos a partir do próprio uso, abusando da permeabilidade.

A analogia com a memória parece ter-se adaptado muito bem a uma série de textos que refletem acerca da escritura flaubertiana. Em capítulo de Willemart sobre a *Educação Sentimental*[55], ao se questionar sobre a possibilidade de o *scriptor* constituir um inconsciente para seu personagem, surge o *não-sabido*.

O *scriptor* atribui um não-sabido a seu ser de papel à proporção que circula uma meia-verdade na qual podem estar ligados outros pedaços do texto, às vezes ignorados ou desprezados ou até não lembrados no mesmo momento pelo scriptor.
[...]
Um não-sabido faz parte da *memória do manuscrito ou da escritura* e é acessível ao crítico genético paciente que tem coragem de reler continuamente os manuscritos ou de escaneá-los. Assim, a memória da escritura corresponde a um não-sabido para o leitor do texto publicado, enquanto oferece um verdadeiro saber ao crítico genético[56].

Mais uma vez, gostaria de chamar atenção para a questão da escritura no manuscrito e como, ainda que estes constituam

---

54. *Idem*, p. 73.
55. *Bastidores da Criação Literária*, São Paulo, Iluminuras, 1999, pp. 35-49.
56. Grifos meus.

"documentos"[57] com os traços processuais, seu segredo constitutivo continua inacessível. Devo contentar-me, então, com uma abordagem que permita, ao mesmo tempo, o gozo da leitura encontrado antes no texto publicado e a possibilidade de observar tendências, virtualidades. Na verdade, ao me aproximar dos manuscritos sem ter por objetivo único a reconstituição de um processo cuja totalidade é impossível apreender, poderei, quem sabe e finalmente, multiplicar os olhares sobre o texto, e tecer hipóteses sobre sua construção.

Assim, de volta à citação, julgo não ser possível qualquer acesso a esse não-sabido e o saber que o mesmo proporciona ao crítico genético não é mais verdadeiro do que aquele construído pela atividade interpretativo-analítica da crítica. Neste sentido, a memória de que fala Lebrave[58] está realmente morta ou, pelo menos, parece ser irrelevante ou inexistente. O que importaria, aqui, seriam as virtualidades abertas através da leitura dos manuscritos para a leitura do texto publicado, seja ele definitivo ou não. Se o que este crítico chama de *ato* são os traços encontrados nos manuscritos, sua única possibilidade de leitura é um presente contínuo. Mesmo que, para isso, pense em um presente agostiniano[59],

---

57. Insisto no emprego das aspas por considerar o termo controverso e remeto ao trabalho de Maria da Luz Pinheiro Cristo, que problematiza essa questão a partir da análise dos manuscritos de *Dois Irmãos* de Milton Hatoum em *Relatos de uma Cicatriz*, tese de doutorado, 2005. Inédita.
58. Jean-Louis Lebrave, "De la substante de la voix à la substance de l'écrit", *Langages*, septembre 2002, 147, Paris, Larousse, pp. 8-18. Ao comparar os procedimentos de leitura da Idade Média, que associava, através da leitura em voz alta, trechos lidos a lugares, espaços dentro de uma igreja por exemplo, e a leitura que Flaubert faz de suas fontes documentais, com margens, palavras-chave e citações, Lebrave fala na substituição de uma memória viva por uma memória morta: "A memória viva ligada à voz foi substituída por uma memória nova. Esta pode não ser reativada, mas pode tornar-se, por uma mediação da voz e da pena, matéria para a imaginação e espaço de possibilidades para uma estética", p. 18.
59. Como desenvolvido por Paul Ricœur, 1994 (1983), pp. 19-54, acerca da dilaceração do presente e dos tempos nele contidos, como o futuro do presente e o presente do passado. Trata-se de uma medida do tempo que independe de fatores internos, nesse sentido muito próxima à noção bergsoniana de duração

em permanente tensão com o passado – no caso dos manuscritos, as leituras que antecederam a atividade escritural, por exemplo – e o futuro – as versões consideradas posteriores ou o próprio texto publicado (inacabado ou não).

A atividade do crítico fica, segundo Willemart, mais interessante se souber:

> [...] elaborar uma teoria não da criação, mas do reencontro ou da descoberta. As duas noções se tocam, mas não se confundem. As duas espécies de trabalhos, no sentido alquímico da palavra, implicam o mesmo espírito de busca ou a mesma vontade insistente de saber, mas a descoberta encontra um passado ou um eterno presente, enquanto a criação vê nascer algo de novo no sentido de jamais visto. Todas as tentativas do escritor serão consideradas ensaios para encontrar esse texto enterrado e não uma submissão progressiva às leis da gramática e do *bien-écrire* nem uma entrada na narrativa[60].

Em outro momento[61], pensando uma quarta dimensão para os manuscritos, o crítico articula as relações entre atividade escritural e tempo. Trata-se de uma escritura que inventaria seu próprio tempo a partir da especificidade de sua atividade: juntar dados, informações, palavras, frases etc. Entretanto, do ponto de vista da permeabilidade do discurso, esse fazer não necessariamente se tornaria mais passivo, mas perderia seu caráter aparentemente organizativo, onipresente, e daria mais lugar às potencialidades, inclusive de leitura.

Questões Acerca da Leitura dos Manuscritos

Estas reflexões surgiram de um questionamento levantado quando do exame de qualificação da tese temporariamente inti-

---

[*durée*]. Contudo, para Santo Agostinho, a medida do tempo se dá, essencialmente, na alma, e não através da memória, como para Bergson.
60. *Op. cit.*, pp. 88-89.
61. *Op. cit.*, pp. 125-135.

tulada *Como as Mil Peças de um Jogo de Artifícios. Alucinação e Teoria da Escritura nos Manuscritos de Gustave Flaubert*. Percebi que esta proposta teórica estaria intimamente ligada à maneira como se leem os manuscritos que compõem o *corpus* constituído para este trabalho.

Assim, pretendi, de um lado, começar a resolver um problema pontual e, de outro, convidar o leitor a uma reflexão acerca do que se instituiu como procedimento de leitura de manuscritos literários. Para este fim, parto de experiência pessoal com os manuscritos de Gustave Flaubert sem, por ora, adentrar na leitura dos mesmos, para tentar discutir, de maneira mais ampla, o uso que a própria crítica genética faz dos manuscritos.

Delineio, a seguir, um percurso que parte de algumas propostas construídas por críticos franceses, notadamente Almuth Grésillon e Pierre-Marc de Biasi, para compará-las com propostas brasileiras. Tal é o percurso que me levou a pensar em caminhos de leitura diferentes, que passam por uma tentativa de diálogo com a crítica e a teoria literárias que, apesar de não trabalharem com manuscritos, desenvolvem questionamentos teóricos que se encontram na base do que esta proposta tenta desenvolver.

O livro de Almuth Grésillon, *Eléments de critique génétique* (1994), apresenta o subtítulo *Ler os Manuscritos Modernos*, o que de certa forma torna-o ponto de partida obrigatório para o que se estabelece adiante.

Antes de abordar diretamente a questão da leitura propriamente dita dos manuscritos literários, ressalto que me ative exclusivamente a estes, e mais particularmente aos do escritor francês Gustave Flaubert, já que julguei relevante situar o leitor quanto ao estatuto outorgado aos mesmos. Em outras palavras, o olhar impresso aos manuscritos pode ser considerado como determinante na forma como os mesmos serão lidos em seguida. Assim, na proposta de Grésillon, a definição do manuscrito literário está teoricamente atrelada a uma certa concepção da própria literatura "e que é a da modernidade. Esta concepção, de forma rápida, supõe reflexividade (o texto e o manuscrito como traços de uma relação pessoal e como encenação da escritura) e transgressão (o manuscrito em sua tensão entre a reprodução de um saber e a eclosão da invenção criadora)"[62].

Por outro lado, observa-se uma preocupação bastante acentuada quanto à atribuição de um estatuto para os manuscritos, a fim de delineá-los como novo objeto de estudos, no caso, literários. Durante um primeiro momento de reflexão, parece predominar a questão da privacidade atrelada à produção desses documentos, o que torna seu deslindamento, a entrada na esfera pública, uma espécie de acontecimento que tende a ser autoexplicativo. Em outras palavras, bastaria, para grande número de pesquisadores, "desvendar" ou "reconstruir" um suposto segredo de criação presente nos manuscritos para que os bastidores de sua criação ficassem claros.

Felizmente, tal não é a proposta unânime da crítica genética. Sem discutirmos aqui o cunho ideológico desta corrente crítica, citamos o que Grésillon apresenta como uma nova abordagem da literatura:

> Opondo-se à fixidez e ao fechamento textual do estruturalismo, de quem contudo herdou os métodos de análise e as reflexões sobre a textualidade, dando a réplica à estética da recepção ao definir os eixos do ato de produção, a crítica genética instaura um novo olhar sobre a literatura. Seu objeto: os manuscritos literários, enquanto portadores de uma dinâmica: a do texto em devir. Seu método: o deslindamento do corpo e do curso da escritura, seguido pela construção de uma série de hipóteses acerca das operações escriturais. Sua abordagem: a literatura como um fazer, como atividade, como movimento[63].

Baseada nesse ponto de vista, que inaugura o primeiro capítulo do livro de introdução, Grésillon delineia a atividade do geneticista sempre tendo como referência as atividades do filólogo e do crítico literário. O geneticista desenvolveria uma primeira

---

62. Almuth Gresillon, *Éléments de critique génétique*, Paris, PUF, 1994, p. 2.
63. *Idem*, p. 7.

etapa de trabalho de caráter formal, consagrada à classificação, organização e transcrição de manuscritos para, em seguida, partir para uma etapa analítico-interpretativa das questões levantadas pelos próprios manuscritos durante a primeira etapa formal.

Todavia, surgem alguns problemas que começaram a ser abordados notadamente pela crítica genética brasileira. Além das dificuldades de acesso aos manuscritos franceses, que não serão desenvolvidas aqui[64], existe uma espécie de legado filológico do qual os críticos genéticos parecem ter extrema dificuldade de distanciamento. Bastaria apontar as inúmeras tentativas de diferenciar o trabalho do crítico genético e do filólogo ao longo do texto de Grésillon, mas destaco ainda a discussão Falconer-Lebrave[65]. Mesmo se Grésillon admite a importância analítica para o crítico genético, que estaria voltada para a compreensão e avaliação dos mecanismos de produção literária em geral, aponta o paradoxo levantado pela especialidade. Os críticos genéticos tendem a dedicar o trabalho de uma vida ao estudo dos manuscritos de um só autor, normalmente devido ao volume do *corpus* estudado[66].

No âmbito rapidamente apresentado acima, destaco alguns exemplos de leituras de manuscritos flaubertianos, já que os mesmos são o objeto desta pesquisa. Contudo, espero que o leitor não se deixe enganar pela aparente especificidade, já que o que realmente importa é a abordagem em questão, o que poderia, ainda que a contragosto, chamar de metodologia de leitura.

---

64. Reenvio o leitor à recente publicação de Claudia Amigo Pino e Roberto Zular, *Escrever sobre Escrever. Introdução à Crítica Genética*, São Paulo, Martins Fontes, 2007.
65. Graham Falconer, "Où en sont les études génétiques?", *Texte*, Toronto, ed. Trintexte, 1988, n. 7; Jean-Louis Lebrave, "La critique génétique: une discipline nouvelle ou un avatar moderne de la philologie?", *Genesis 1*, Paris, 1992, pp. 33-72.
66. Não ignoro a questão institucional na França, que seleciona os pesquisadores para que estes integrem equipes temáticas ou dedicadas exclusivamente ao estudo de determinados autores.

Para que este objetivo fique mais claro, analiso as leituras feitas pelos críticos, ainda sem apresentar qualquer manuscrito. Comentarei primeiramente as leituras propostas nos ensaios de Raymonde Debray-Genette, por se tratar de uma crítica que já contava com sólido percurso de análises flaubertianas antes de dedicar-se à leitura dos manuscritos. A autora considera ser o desafio da crítica genética abordar o universo que precedeu a obra publicada (notas, planos, roteiros, esboços, rascunhos, cópias) métodos de leitura análogos aos que são aplicados na leitura da obra acabada para tentar teorizar uma poética desse tipo de texto[67].

Nota-se uma preocupação, ainda muito presente, com a abordagem do manuscrito, que obriga a crítica a se questionar acerca do estatuto a ser conferido a esse novo formato textual, assim como a comparar os procedimentos já conhecidos de análise textual com a leitura dos documentos.

O que se encontra ao longo dos diversos capítulos é uma abordagem crítica que pouco, ou quase nada, difere da abordagem tradicional da crítica literária. A autora analisa o uso retórico das figuras, o trabalho descritivo no texto narrativo, a questão do inacabado. Enfim, uma abordagem que procura, nos manuscritos, provas documentais para o que a teoria literária há muito vem desenvolvendo acerca do romance flaubertiano em suas relações com a narrativa francesa do século XIX. A impressão que os ensaios dão, apesar da particular beleza de momentos como o capítulo dedicado à conclusão do conto "Un Cœur simple", é de uma tentativa de conferir aos manuscritos um estatuto quase que científico, ou ainda documental, que permitiria ao crítico literário um percurso interpretativo "verificável" e, portanto, mais fundamentado.

Passo a outro exemplo, também citado por Grésillon em seu livro de introdução, porém de trajetória crítica diferente da citada anteriormente. Trata-se do trabalho de Pierre-Marc de Biasi[68],

---

67. Raymonde Debray-Genette, 1988.
68. Gustave Flaubert, *Carnets de travail*, Paris, Balland, 1988.

notadamente sua publicação dos cadernos de trabalho de Flaubert. Estes constituem publicação essencial para os estudos de todos os pesquisadores da obra do escritor, pois brinda o leitor com a transcrição comentada e completa de todos os cadernos de trabalho utilizados pelo escritor para suas pesquisas bibliográficas, antes e durante o que se costuma chamar de campanhas de redação, ou seja: trabalho de redação literária propriamente dito. A edição conta com tabelas que relacionam os cadernos com os diversos projetos desenvolvidos, facilitando o acesso dos leitores que procuram informações precisas sobre a bibliografia consultada pelo escritor em determinado momento de redação. Dada a grande quantidade de cadernos, o leitor conta apenas com a transcrição, perdendo qualquer contato com a visualidade e a espacialidade dos mesmos. Nos capítulos que antecedem a transcrição, o leitor se depara com sistematicidades desenvolvidas pelo *scriptor* durante seu trabalho, assim como hipóteses de uso dos cadernos. O formato sistemático e objetivo das anotações parece não incitar os pesquisadores a estabelecerem relações mais próximas entre os cadernos de trabalho e as primeiras etapas redacionais, ao contrário dos cadernos de viagens.

Já na tese de doutorado do mesmo autor, sobre o conto "La Légende de Saint Julien L'Hospitalier", há, além de transcrições nunca publicadas, um trabalho detalhado de sistematização do que o crítico entende como sendo a gênese do conto, suas etapas de criação. Esse tipo de abordagem não pretende encontrar nos manuscritos provas documentais do que a teoria e a crítica já abordaram a respeito de um ou outro tema. Tenta, na verdade, partir dos manuscritos para encontrar as etapas de construção do texto já conhecidas sob forma publicada. A leitura dos manuscritos é feita de forma bastante sistemática, a saber: as versões relativas a uma determinada página publicada são cronologicamente classificadas e transcritas, o que corrobora as conclusões de que Flaubert trabalhava seu texto página a página.

Em seminários da equipe Flaubert no ITEM, consagrados à construção de imagens, o crítico partiu de reflexões encontradas na correspondência, assim como de leituras teóricas cujas referências se encontram nos cadernos de trabalho. Observamos, no entanto, que tais análises fazem uso da mesma abordagem que a crítica faz do texto publicado, restringindo-se exclusivamente aos manuscritos e conferindo à crítica genética uma exclusividade documental.

Finalmente, destaco a diferenciação estabelecida pelo crítico, em obra introdutória recente, entre o que chama de "genética textual" e "crítica genética". Aparentemente motivado pela mesma preocupação aqui apontada, o crítico define o trabalho da genética textual como sendo aquele que se consagra à classificação, decifração e eventual edição dos manuscritos. Já a crítica genética se dedicaria aos questionamentos acerca do escritor, da escritura, do processo e da gênese da obra; a obra sendo vista como o "efeito de suas metamorfoses", além de conter "a memória de sua própria gênese"[69].

Outra referência essencial para o estabelecimento de qualquer cânone na abordagem do manuscrito flaubertiano é o trabalho de Giovanni Bonaccorso[70], também presente no livro introdutório de Grésillon e leitura obrigatória para os iniciantes nos manuscritos flaubertianos. Em suas transcrições dos manuscritos de trabalho dos *Três Contos*, já completas, apesar de se deparar com códigos de leitura que chegam a dificultar ainda mais o trânsito nos manuscritos, o leitor encontrará um detalhado trabalho de variantes, respeitando uma tradição marcadamente filológica. As curtas análises do *corpus* que antecedem as transcrições visam, sobretudo, a facilitar a leitura do mesmo, apontando as sistematicidades encontradas nos manuscritos organizados cronologicamente.

Não é questão, ainda, de abordar os desdobramentos interpretativos da crítica genética flaubertiana, mas, simplesmente, chamar atenção do leitor para a abordagem que se faz desses documentos.

---

69. Pierre-Marc de Biasi, *La Génétique des textes*, Paris, Nathan Université, 2000, p. 9.
70. Giovanni Bonaccorso, *Corpus Flaubetianum I. "Un Cœur simple"*, Paris, Les Belles Lettres, 1983; *Corpus Flaubertianum II. "Hérodias"*, Paris, Nizet, 1991.

Portanto, de forma resumida, é consenso que os manuscritos de Gustave Flaubert são lidos cronologicamente, por tratar-se de um processo de criação que operaria por etapas, chamadas campanhas de redação, geralmente claras, dentre as quais se reconhece o trabalho incansável da página. Ou seja, Flaubert trabalharia uma página de cada vez, recopiando-a sucessivamente, até atingir um ponto de coerência e/ou satisfação antes de atacar a página seguinte. Antes, contudo, desenvolveria os planos e os roteiros, além de etapas redacionais ocasionais sob formato de resumos, contemporâneos ou não às etapas de redação propriamente dita.

Caindo nas Armadilhas dos Manuscritos

De modo geral, a crítica que circula nesse meio de especialistas dedica-se a análises temáticas dos manuscritos referentes a uma obra, ou ainda a estudos de categorias já definidas pela teoria literária no âmbito dos manuscritos. Assim, o leitor encontrará trabalhos acerca do amor, da morte, das imagens, da loucura etc., ou ainda sobre a constituição do personagem, a configuração do foco narrativo ou a descrição nos manuscritos deste ou daquele romance de Flaubert.

Parece, portanto, que os manuscritos estariam sendo lidos como uma forma de ampliar o *corpus* já publicado dos textos flaubertianos – como se o leitor estivesse diante de textos inéditos – ou ainda, como já proposto, para validar, por meio de um tratamento documental dos manuscritos, uma determinada interpretação. Percebe-se, ainda, uma espécie de receio de se estabelecer qualquer tipo de relação entre os manuscritos e o texto publicado, o que validaria a especificidade da própria crítica genética. Em outras palavras, somente os trabalhos desenvolvidos exclusivamente com manuscritos poderiam ser inseridos no âmbito da crítica genética.

Outro desdobramento desse tipo de leitura sistemática seria a impossibilidade de se trabalhar mais de uma obra ao mesmo tempo. Se pensarmos que Flaubert chegava a rasurar dez versões para a mesma página, podem-se fazer rápidos cálculos e ter uma ideia da colossal quantidade de fólios manuscritos existentes: literalmente milhares. Parece, portanto, que a especialidade vai ganhando espaço: além de especialistas em Flaubert, existem especialistas em cada obra, ou em cada tema.

Até este ponto já se sabe que a escritura de Flaubert costuma ser caracterizada como programada, ou seja, composta de diversas etapas (planos, resumos, roteiros, rascunhos), além das várias versões da mesma página, o que remete a um *corpus* que extrapola um possível controle por parte do crítico. Assim, uma das opções de abordagem dos manuscritos flaubertianos seria o recorte temático ou teórico tradicional da crítica e o "acompanhamento" do elemento observado ao longo das versões cronologicamente organizadas, produzindo, de certa forma, um efeito filológico. Reitero que se trata de apenas uma das possibilidades.

Uma Procura para Além do (R)Estabelecimento de uma Cronologia de Composição

Em sua leitura dos manuscritos do conto "Hérodias" de Flaubert, Willemart[71] faz um uso que classificaria como quase que *instrumental* da organização tradicionalmente cronológica desses manuscritos. Por procurar sempre estabelecer um diálogo entre a literatura e a psicanálise, consegue construir uma leitura que, apesar de não questionar a rigidez provocada pelo ordenamento cronológico dos manuscritos, vai além da tentativa de (r)estabelecer um percurso escritural. Após ter-se dedicado longamente à transcrição do primeiro capítulo do conto[72], sua análise parte de

---

71. Philippe Willemart, *Universo da Criação Literária*, São Paulo, Edusp, 1993.
72. Philippe Willemart, *O Manuscrito em Gustave Flaubert. Transcrição, Classificação e Interpretação do Proto-texto do 1º Capítulo do Conto "Heródias"*, Boletim 44. Departamento de Letras Modernas, n. 15, São Paulo, Curso de Língua e Literatura Francesa, 1984.

um efeito de leitura, o que já difere consideravelmente das abordagens norteadas pelo cânone crítico apresentado acima.

Willemart adentra os manuscritos de forma seletiva e pontual. Lança suas hipóteses de cunho interpretativo e volta a ler os manuscritos, desta vez de forma mais detalhada. A relação temporal segue o só-depois (*après-coup*) psicanalítico, que na leitura se traduz em tomar o texto publicado como ponto de partida para a leitura dos manuscritos, e não como um lugar de chegada, o que tende a produzir um ponto final que acaba silenciando os manuscritos. Conjuntamente com a leitura da correspondência e da bibliografia consultada pelo autor, o crítico desenvolve uma análise mais aprofundada que lhe permite estabelecer relações entre os movimentos observados nos manuscritos e a criação através de conceitos psicanalíticos, notadamente o conceito lacaniano de pulsão, e da teoria literária. Seu objetivo principal seria o de destacar um possível saber que se desprenderia do texto literário, cujos manuscritos seriam uma via de acesso privilegiada. O crítico faz ainda uma incursão por reflexões mais gerais, sobre as relações entre tempo e escritura, pulsões e desejos na dimensão escritural e suas relações com a construção de um *scriptor*, estimulado pela rasura, lapso e repetições encontrados nos manuscritos.

Além desse interesse, está a questão de sugerir um distanciamento mais claro de uma espécie de crítica cujo objetivo seria exclusivamente apontar as fontes da criação presentes nos manuscritos, como em uma relação causal. Esse distanciamento pode ser claramente observado no capítulo em que o crítico aborda, em obra posterior[73], as funções da imagem no manuscrito, no qual há uma parte dedicada à descrição de Machaerous no conto acima citado e sua relação com uma fotografia. Para o leitor, o interesse deixa de ser a fonte "inspiradora" encontrada e passa a ser a forma como a entrada na escritura literária se afasta da pesquisa

---

73. Philippe Willemart, *Bastidores da Criação Literária*, São Paulo, Iluminuras, 1999, pp. 51-62.

meramente documental, e até mesmo da força imagética, neste caso exercida pela fotografia, para, a partir da descrição, criar algo novo. Esse novo elemento seria tanto uma espécie de saber, desconhecido do próprio escritor, como uma nova forma de resolução literária do próprio mecanismo empregado: a descrição.

Não analiso detalhadamente a totalidade das pesquisas que contribuíram para um questionamento da leitura que vinha fazendo dos manuscritos de Flaubert. Contudo, existem noções de caráter mais geral sobre a criação que se revelaram cruciais para a constituição da abordagem que proponho.

Envio o leitor aos ensaios organizados por Roberto Zular[74], nos quais se encontram alguns dos textos, inclusive franceses, que delineiam os pontos de partida destas discussões, assim como representam os grupos com os quais esta pesquisa em particular dialoga com mais frequência. Nesse volume, o leitor encontrará as noções de inacabamento, que Cecília Almeida Salles define a partir da semiótica como estética do inacabado; as questões relacionadas à constituição da escritura, através de reflexões propostas por Willemart, que transitam entre a filosofia, a psicanálise, a linguística e outras teorias que permitam compreender os elementos que estão na origem de qualquer criação; a transdisciplinaridade proposta por Daniel Ferrer, que permite as generalizações que parecem tão difíceis durante os estudos específicos da obra de alguns criadores.

Por outro lado, no âmbito mais específico da abordagem do manuscrito literário, destaco aos trabalhos desenvolvidos pelo Laboratório do Manuscrito Literário, no seio do qual desenvolvi a pesquisa. Como esse grupo não está organizado em torno da leitura de um só autor, precisa encontrar linguagens teóricas que, apesar de não serem comuns a todos, permitem uma importante base de diálogo[75]. Mais uma vez de forma conceitual,

---

74. Roberto Zular (org.), *Criação em Processo. Ensaios de Crítica Genética*, São Paulo, Iluminuras, 2002.
75. Cito apenas os trabalhos com os quais dialoguei.

cito a leitura intervalar dos cadernos de Valéry, proposta por Roberto Zular[76]; a questão de uma possível rasura temporal, desenvolvida por Maria da Luz Pinheiro Cristo[77] a partir da análise da memória nos manuscritos de Milton Hatoum; a proposta de uma estética da criação, através do prazer da escritura do próprio crítico, no caso Claudia Amigo Pino, que propõe, em seu livro[78], uma ficção da escritura perequiana.

Até este ponto foi possível reter algumas noções, ainda restritas à crítica genética, que guiaram o olhar que pretendi imprimir aos manuscritos. Primeiramente, apesar de reconhecer como extremamente importantes as etapas formais na abordagem do manuscrito, senti a necessidade de empregá-las de forma estritamente instrumental. O fato de o leitor não especializado conhecer esse tipo de informação não apresenta qualquer questionamento sobre a constituição de uma escritura, ou ainda sobre os virtuais inacabamentos, ou sobre as relações entre um processo escritural e as características que conferem singularidades ao texto lido.

Delineia-se assim, uma questão que se apresenta neste ponto como decisiva, uma leitura que atente não somente para os movimentos já bastante conhecidos dos manuscritos flaubertianos, mas também para suas virtualidades. Assim, seria possível abraçar a proposta do próprio escritor, que sonhava em poder ler seus manuscritos todos ao mesmo tempo, o que *avant la lettre* remete, indubitavelmente, a uma lógica hipertextual. Os manuscritos serão então lidos juntamente com o texto publicado, sem qualquer tentativa hierarquizante ou de cunho teleológico.

Entretanto, resta resolver ainda o problema da seleção, já que, como colocado anteriormente, trata-se de um *corpus* de milhares de fólios. O recorte aparece como indispensável, o que

---

76. Roberto Zular, *No Limite do País Fértil. Os Escritos de Paul Valéry entre 1894 e 1896*, São Paulo, Tese de doutorado, FFLCH – USP, 2001 (inédita).
77. Maria da Luz Pinheiro Cristo, *Memórias de um Certo Relato*, São Paulo, Dissertação de Mestrado, FFLCH – USP, 2000 (inédita).
78. Claudia Amigo Pino, *A Ficção da Escrita*, Cotia (SP), Ateliê Editorial, 2005.

abre, ao mesmo tempo, as portas para um diálogo com a crítica e a teoria literárias.

Nesse âmbito, portanto, cito algumas das principais características de textos que constituem meu ponto de partida. Esclareço que me limito a um ponto de partida teórico e não uma espécie de *a priori* sobre o objeto de análise, os manuscritos flaubertianos. O objetivo permanece o de tentar reconhecer os percursos teóricos determinantes da leitura que fiz dos manuscritos.

Retomo, primeiramente, o interesse pelo fragmento, que tem sua origem nas leituras de Auerbach, Spitzer e Antonio Candido. Contudo, como apresentei anteriormente, não pretendi efetuar uma retomada metodológica desses críticos, e preferi ressaltar a liberdade que os mesmos proporcionam para a leitura dos manuscritos. Em outras palavras, não tratei do fragmento com objetivos hermenêuticos, na tentativa de conferir um novo sentido à obra. Na leitura dos manuscritos flaubertianos, a leitura do fragmento mostra-se, em um primeiro momento, bastante confortável, dada a já tão citada quantidade de documentos, e, em um segundo momento, acaba por revelar elementos que, espero, permitirão uma teorização da criação na obra de Flaubert.

Por outro lado, e apesar de todas as críticas feitas posteriormente ao estruturalismo como um todo, destaco a leitura de Barthes[79], que, apesar de nunca ter se referido aos manuscritos, conseguiu apontar operações e marcas de trabalho de forma precursora na obra flaubertiana, juntamente com as importantes teorizações acerca da escritura e, mesmo, do *scriptor*.

Decisiva, porque instauradora de um questionamento pontual, foi a leitura de *Silêncios de Flaubert*, que, ao não resolver seu próprio questionamento, chama atenção do leitor para um procedimento flaubertiano que acaba se caracterizando por uma falha: a descrição. Em seu texto, o crítico percebe,

---

79. Roland Barthes, *Le degré zéro de l'écriture. Suivi de Nouveaux essais critiques*, Paris, Seuil-Points, 1953 e 1972.

em momentos diferentes da obra, que o que até então caracterizava o romance flaubertiano instituía-lhe um problema: o excesso descritivo, ao contrário de desvendar uma espécie de realidade aos olhos do leitor, faz calar o texto, a narrativa, os personagens e o próprio leitor.

A abundância das descrições não responde, portanto, somente para ele (Flaubert), como em Balzac, por exemplo, a necessidades de ordem dramática, mas, antes, ao que ele mesmo denomina "o amor da contemplação". [...] muito frequentemente, a descrição se desenvolve para ela mesma, apesar da ação que acaba esclarecendo menos e acaba, poder-se-ia dizer, suspendendo-a e distanciando-a. Salambô inteira é um exemplo bem conhecido de uma narrativa de certa forma achatada pela proliferação suntuosa de seu próprio cenário. Mas, para ser menos maciço, esse efeito de imobilização fica talvez mais sensível em uma obra como *Bovary*, na qual uma tensão dramática contudo muito poderosa é incessantemente contrariada por picos descritivos de uma admirável gratuidade[80].

Era exatamente esse o efeito produzido pela leitura das alucinações nos diversos romances de Flaubert. Percebi que o que me fazia voltar a ler determinados textos do autor eram essas alucinações, cuja função narrativa parecia absolutamente nula, ou pelo menos irrelevante, algo curioso para um escritor que pretendia que cada passagem de seu texto tivesse caráter essencial, papel fundamental na espécie de mecanismo que tentava construir. Comecei a me perguntar então como eram construídas essas alucinações e o que as mesmas nos revelavam a respeito do trabalho de composição escritural flaubertiano.

Finalmente, ao percorrer a bibliografia pesquisada por Flaubert, verifica-se sua leitura dos Cursos de Estética de Hegel, e seu particular interesse pela teoria do detalhe na caracterização da obra de arte. Paralelamente, numa tentativa pessoal de resposta à pergunta de Calvino[81], percebi que o retorno à obra

---

80. Gérard Genette, *Figures*, Paris, Seuil, 1966, p. 234.
81. Em *Por que Ler os Clássicos*.

operado pela maioria dos críticos flaubertianos nada mais era que o retorno a detalhes, trechos que ganhavam uma espécie de autonomia. Tais trechos, como a cavalgada de Emma e Rodolphe, a descrição do boné de Charles, a morte de Félicité, entre outros, passam a ser lidos quase que como textos independentes[82]. Existiam então determinadas características nos manuscritos que repetiam estruturas, o que apontou para uma possível busca da própria escritura flaubertiana.

Em outras palavras, e tentando efetuar um retorno às generalizações, destaco a importância do efeito de leitura do texto nas relações que o crítico estabelecerá com os manuscritos. No caso particular desta leitura do texto flaubertiano, o retorno ao detalhe tem se mostrado decisivo para a leitura de seus manuscritos de trabalho. Contudo, não descarto a possibilidade de outro leitor de Flaubert abordar os manuscritos a partir de outro efeito de leitura. A questão passa a ser a relação crítica que se estabelece entre o leitor e o texto, que pode, e até mesmo deveria, guiar sua abordagem do manuscrito, ou mesmo dos demais tipos de documentos de processo. Tal lógica parece-me válida ainda que para ser questionada pelos próprios manuscritos, no caso destes revelarem uma lógica opaca no texto publicado. O que se pretende reter como principal é a não obrigatoriedade de um restabelecimento exclusivamente cronológico dos percursos de criação, já que lidamos, geralmente, com objetos estéticos que produzem efeitos de recepção. O restabelecimento de uma ordem cronológica para manuscritos e documentos de processo deve, em suma, ser proposto como *uma* das possibilidades de organização do *corpus* a ser estudado.

O retorno ao texto pelo detalhe foi determinante para esta leitura dos manuscritos, corroborado paralelamente pela desalentadora perspectiva de uma leitura da totalidade dos manuscritos. O próprio Flaubert já expressara essa vontade:

---

82. Tradição iniciada no século XIX com os "trechos selecionados" [*morceaux choisis*].

Estou recopiando, corrigindo e rasurando toda a minha primeira parte de *Bovary*. O que me faz coçar os olhos. Gostaria de uma só olhada ler essas cento e cinquenta e oito páginas e apreendê-las com todos os seus detalhes em um só pensamento[83].

Ainda assim, penso que tal empreitada poderia não ser mais tão descabida em tempos de hipertextualidade. Por que não tentar ler um detalhe em suas várias dimensões, ou seja, a partir de suas repetições na obra como um todo? Por que obrigar o leitor a ler apenas os manuscritos de *Madame Bovary* se o mesmo detalhe encontrou repercussões em outros momentos da obra do mesmo Flaubert?

Minha leitura dos manuscritos começava então a se definir. Ficara claro que não interessava qualquer tentativa de reconstituição das etapas escriturais da alucinação nos manuscritos de *Madame Bovary* ou da *Educação Sentimental*. Além disso, queria deixar-me guiar pela própria construção da imagem que tanto me atraíra: os fogos de artifício que explodem em mil partes. Pensei em uma estratégia que tentasse, mesmo que mentalmente, reunir peças diferentes desse quebra-cabeças sem, para tanto, retirar-lhe essa característica fragmentária, o que levaria a pensar em uma crítica genética que não buscasse exclusivamente outorgar aos manuscritos uma unicidade, simplesmente impossível. O movimento de leitura seria, então, regido pelo que percebi de mais característico nos manuscritos flaubertianos: a fragmentação por trás da aparente sistematicidade, apesar de uma não excluir a outra de fato. O resultado esperado: uma fragmentação do texto publicado. Somente essa explosão do texto em mil partes é o que parece ir ao encontro de uma leitura atual de Flaubert, já tão engessada nos cânones críticos mundiais.

---

83. Carta a Louise Colet, 22 de julho de 1852.

2

A Explosão dos Fogos

> *Contando que meus manuscritos durem tanto quanto eu, é tudo o que quero. Pena que seria preciso um túmulo grande demais; os enterraria comigo, como um selvagem faz com seu cavalo. – São essas páginas, de fato, que me ajudaram a atravessar a longa planície.*
>
> *Carta a Louise Colet, 3 de abril de 1852.*

O CAVALO DO SELVAGEM DE CROISSET

A epígrafe remete instantaneamente aos manuscritos, à materialidade. Os anos de pesquisa mostraram que o leitor brasileiro pouco, ou quase nada, sabe sobre os "rastros" materiais do trabalho de Gustave Flaubert. Alguns conhecem escassas curiosidades acerca de pequenos procedimentos de escrita, como as numerosas versões reescritas de cada página. Contudo, esse universo de aproximadamente trinta mil fólios manuscritos merece, senão uma verdadeira introdução, pelo menos um preâmbulo.

Quando da leitura propriamente dita dos manuscritos, momento, aliás, do estabelecimento do *corpus* desta pequisa, aludi frequentemente a roteiros, planos, rascunhos, cadernos. Apesar desses manuscritos constituírem um universo bastante organizado, não se trata de uma organização preestabelecida, que teria encontrado seus modelos nas experiências anteriores de outros escritores, mas de uma aparente necessidade. Cabe lembrar que Flaubert transita entre uma tradição romântica, caracterizada pela inspiração, pela criação *ex nihilo*, e uma arte realista-naturalista em configuração, esta fortemente influenciada pela ciência do século XIX, caracterizada essencialmente pela observação[1].

Apresento, inicialmente, alguns elementos de permeabilidade entre o discurso científico e o literário, permeabilidade esta que também pode ser observada na forma que ambos os discursos escolhem desenvolver. Ainda, como se verá mais tarde, existem elementos como a fotografia, que ganha grande destaque no século XIX, e que, se não modifica, pelo menos questiona muito do papel da literatura e da pintura, e influencia suas formas de operar.

Retomando Flaubert, encontram-se referências, de forma bastante disseminada, de que se tratava de um verdadeiro "trabalhador" da literatura: *homme-plume*. O homem é definido por seu instrumento de trabalho, como se este lhe desse continuidade, um elemento necessário não só para sua existência, como para seu desenvolvimento pessoal, suas ideias, reflexões.

Gustave Flaubert nasce em 1821 e começa suas atividades de escrita ainda na escola. Deve-se salientar que a educação na França havia passado por profundas modificações decorrentes da Revolução, e que o sistema, mais homogêneo, deixava de lado as individualidades para atingir a maior quantidade de alunos possível. Inicia sua incursão pela escrita logo após ter começado a ler, aos dez anos, idade da qual data um resumo sobre o reino de Luís XIII que dedica a sua mãe. Receberá vários prêmios por seus trabalhos para a escola e manterá um jornal, *Art et Progrès*, durante quatro anos com os amigos Louis Bouilhet e Ernest Chevalier. As leituras da juventude são fortemente marcadas pelo romantismo e por um livro que permanecerá seu modelo ideal no decorrer da vida: *Dom Quixote*. Antes mesmo de aprender a ler, o pai de seu grande amigo Alfred le Poitevin já o lera em voz alta para o dois. Tratar-se-á de uma experiência, a meu ver, marcante para as

---

1. Cujo auge de sistematização pode, entre outros, ser exemplificado pelos cadernos de laboratório mantidos por Pasteur, ou pelos trabalhos de Darwin.

atividades escriturais que viriam com o tempo. Sabe-se que parte essencial da atividade de redação de Flaubert consistia em uma leitura em voz alta, ou por vezes aos berros, dos trechos já redigidos, no escritório ou no jardim. Uma prática que não se restringia exclusivamente à busca de assonâncias, da frase perfeita, mas uma leitura que muito provavelmente tentava reencontrar a sensação da leitura ideal, da escuta da frase, que fizera do *Quixote*. Ainda inserido num projeto romântico, filia-se a Chateaubriand de *Mémoires d'Outre Tombe* ou Stendhal, que escrevia para leitores do futuro. Na juventude, pretendia escrever uma obra que durasse, que fosse lida por leitores que não lhe fossem contemporâneos; queria deixar uma obra que fosse publicada postumamente[2]:

> Sabes que seria uma bela ideia a de um rapaz que não tivesse publicado nada até os cinquenta anos e que de uma só vez faria aparecer, um belo dia, suas obras completas, e depois pararia lá?[3]

Os primeiros manuscritos mostram um jovem em busca da produtividade, que escreve em um movimento de arrebatamento, mas cujos traços já apresentam muitas rasuras. Não há planos, roteiros ou quaisquer outras tentativas de formalização processual. Esse é o ritmo de trabalho que caracteriza as primeiras tentativas da fase que inaugura sua dedicação exclusiva à literatura, quando de seu primeiro ataque epiléptico, em 1844. Estava livre para deixar os estudos de direito, que tanta contrariedade provocavam, e se dedicar exclusivamente à atividade que o ajudaria a "sobreviver", a "atravessar a longa planície".

> Quanto a mim, acho que estou em um estado inalterável. Talvez seja uma ilusão, mas é a única que tenho, se pode se chamar assim. Quando penso em tudo o que pode acontecer, não vejo o que poderia me mudar,

---

2. Projeto este, reforçado pelo termo aqui empregado, que nos remete, ironicamente, à empreitada do personagem de Machado de Assis em *Memórias Póstumas de Brás Cubas*.
3. Carta a Maxime du Camp, maio de 1846.

quero dizer o fundo, a vida, o curso dos dias. Além do mais, começo a adquirir um hábito de trabalho pelo qual agradeço os céus. Leio ou escrevo regularmente de oito a dez horas por dia e se me interropem alguns instantes, isso me deixa doente[4].

Em 1843, inicia a redação da primeira versão da *Educação Sentimental*, que só será concluída em 1845 e que servirá de base para a segunda versão, publicada postumamente. Nesse mesmo ano, acompanha a irmã em sua viagem de lua-de-mel e em Gênova, no Palácio Balbi, sente-se muito atraído pelo quadro de Brueghel que representa a *Tentação de Santo Antão*, descrita de cor em seus cadernos de viagem.

Conjunto formigando, fervilhando e escarnecendo de maneira grotesca e arrebatada, sob a simplicidade de cada detalhe. Este quadro parece primeiramente confuso, depois torna-se estranho para a maioria, engraçado para alguns, algo a mais para outros – ele apagou para mim toda a galeria na qual está. Eu já não me lembro mais do resto[5].

Eis o início da busca por uma obra cuja redação contará com três versões ao longo da vida. Muitos críticos, como vimos antes com Foucault, não hesitam em dizer que as demais obras publicadas visavam, exclusivamente, à redação da *Tentação*.

Se houvesse para mim uma forma qualquer de corrigir esse livro, eu ficaria muito contente, porque investi muito nele, muito tempo e muito amor. Mas não amadureceu o suficiente. Pelo fato de ter trabalhado muito os elementos materiais do livro, a parte histórica, quero dizer, imaginei que o roteiro estivesse pronto e me lancei. Tudo depende do plano. Santo Antão não tem um; a dedução das ideias severamente acompanhada não tem qualquer paralelismo no encadeamento dos fatos. Com muito andaimes dramáticos, falta o dramático[6].

4. Carta a Maxime du Camp, maio de1846.
5. *Voyage en Italie*, p. 355.
6. Carta a Louise Colet, 1º de fevereiro de 1852.

A partir de então, decide desenvolver formas de planejar seu trabalho, de sistematizá-lo. Assim, inicia, em setembro de 1851, a empreitada que se chamará *Madame Bovary*, ainda que a contragosto, encerrada em abril de 1856. Fora uma sugestão do amigo Maxime du Camp, que aconselhava Flaubert a tratar de um tema contemporâneo em vez de perder seu tempo com a Antiguidade, ele ouvira e desaprovara, com Louis Bouilhet, a leitura da primeira versão da *Tentação*, como veremos a seguir. Posteriormente, e ao longo dos demais trabalhos, os formatos serão sistematizados e mantidos, apresentando para o leitor contemporâneo uma incursão variada pela escritura e cujas características estão intimamente ligadas à dinâmica encabeçada pelos espaços escriturais.

Após a empreitada contemporânea, Flaubert retoma a *Tentação* e termina a segunda versão em 1857. No mesmo ano, em julho, começa a preparar *Carthage*, posteriormente intitulada *Salammbô*.

Mas estou muito ocupado no momento, porque me dedico, antes de voltar ao campo, a um trabalho arqueológico sobre uma das épocas mais desconhecidas da Antiguidade, trabalho que é a preparação de outro. Vou escrever um romance cuja ação passará três século antes de Cristo, porque sinto a necessidade de sair do mundo moderno, do qual minha pena está embebida demais e que por sinal me cansa tanto reproduzir quanto sinto repugnância ao ver[7].

Sua aventura pelo oriente é dupla, pois além de escrever, viaja para a Turquia, visita Constantinopla e percorre a Tunísia. O trabalho é muito lento e requer grande número de leituras. Ao longo de 1861 escreve apenas três capítulos, concluindo o romance em abril de 1862, após cinco anos de trabalho.

Finalmente livrei-me de *Salammbô*. [...] Resignei-me, enfim, a considerar como acabado um trabalho interminável. Neste momento, o cor-

---

7. Carta a Srta. Leroyer de Chantepie, 18 de março de 1857.

dão umbilical foi cortado. Ufa! Não pensemos mais nisso! Trata-se de passar a outros exercícios[8].

Um ano mais tarde, Flaubert tenta uma incursão teatral com *Le château des cœurs*, rejeitada pelo teatro da Porte--Saint-Martin antes mesmo de estar terminada. Ainda assim, conclui a peça em outubro do mesmo ano. Em compensação, Théophile Gautier faz o libreto de *Salammbô*.

Eis-me agora atrelado há um mês a um romance de costumes modernos que se desenvolverá em Paris. Quero fazer a história moral dos homens da minha geração; 'sentimental' seria mais verdadeiro. [...] Enfim, tenho muita dificuldade e estou repleto de inquietações. Ficarei aqui no campo uma parte do inverno, para avançar um pouco neste longo trabalho[9].

Em 1864, Flaubert começa a trabalhar a versão aqui analisada da *Educação Sentimental*, conclui o plano e inicia as leituras – dos reformadores socialistas, por exemplo – e os trabalhos de campo, como a visita às fábricas de porcelana, a Fontainebleau. Seu outro romance contemporâneo será concluído em 1869 e é seguido de uma nova retomada da *Tentação*. Durante a invasão prussiana, em que Flaubert vai morar com sua sobrinha em Rouen, chega a enterrar os manuscritos da *Tentação* juntamente com caixas cheias de cartas e prataria da família.

Não! Os prussianos não saquearam minha morada. *Passaram a mão* em alguns pequenos objetos sem importância, uma *nécessaire* de toalete, uma caixa, cachimbos, mas, em suma, não *fizeram nenhum mal*. Quanto ao meu gabinete, ele foi respeitado. Eu enterrara uma grande caixa repleta de cartas, e escondi as volumosas anotações sobre *Santo Antão*. Encontrei tudo isso intacto[10].

---

8. Carta aos irmãos Goncourt, 12 de julho de 1862.
9. Carta a Srta. Leroyer de Chantepie, 6 de outubro de 1864.
10. Carta a George Sand, 30 de abril de 1871.

A terceira versão do livro de sua vida será concluída em 1872. Logo em seguida planeja *Bouvard e Pécuchet*, obra inacabada e que será interrompida para a empreitada dos contos, concluídos em 1880, última publicação em vida de Flaubert.

Os Espaços Escriturais

Citei, primeiramente, a correspondência, segundo muitos, digna de tratamento literário. Muito extensa, mantida até o último dia de vida, e variada, tão variada quanto seus correspondentes: vai de cartas de amor a reflexões sobre a literatura com seus contemporâneos, passando por considerações a respeito de seu próprio processo criativo, a convites sociais e pesquisa bibliográfica.

Muitos críticos atribuem à correspondência um teor relativamente objetivo, já que tomam por fato o que seu *scriptor* desenvolve como testemunhos e reflexões acerca de sua experiência escritural. Entretanto, apesar do termo "testemunho" sugerir o de prova cabal, estamos diante de uma construção, na maioria das vezes, de um procedimento do qual o próprio *scriptor* não tem domínio completo. A correspondência, assim como as demais sistematizações praticadas por Flaubert, poderiam constituir o que chamo de *espaço escritural*.

Ao evocar o espaço, deixo de lado a noção de instância, na qual acreditava anteriormente[11]. Esta noção tentava conferir alguma unidade ao *scriptor*, como operador da escritura. Haveria, ainda, a instância representada pelo autor, que se configuraria mediante as escolhas operadas na construção do texto. Finalmente, atribuiu-se ao narrador e aos personagens o estatuto de instâncias, visando à compreensão dos elementos que estariam em jogo na constituição da escritura. Contudo, esse termo

---

11. Verónica Galindez-Jorge, *Alucinação, Memória e Gozo Místico. Dimensãoes dos Munscritos de* Un Coeur simple *e* Hérodias *de Flaubert*, dissertação de mestrado, USP-FFLCH, 2000 (inédita).

remete a cada parte constituinte do aparelho psíquico de acordo com a segunda tópica de Freud: superego, id e ego. Não haveria, portanto, qualquer possibilidade de escapar da noção de sujeito. Além disso, a subdivisão do sujeito acaba se tornando por demais artificial, restringindo-se ao campo teórico ou didático e esvaziando o campo de correspondências do leitor comum, pela distância que coloca entre os conceitos e o consenso. A escolha do termo espaço remete, assim, à construção de um sistema de relações tipicamente humano, a uma apropriação que pode incluir uma dimensão temporal além de sua inerente dimensão física, privilegiando o olhar sobre o objeto construído, ou apreendido, e não sobre o sujeito. Trata-se, na verdade, de uma apropriação que não desconsidera a afetividade, esta observável tanto nos pequenos fetiches da criação literária (a caneta especial, a mesa, os papéis, o ritual de leitura, o passeio pelo jardim), como na questão da permeabilidade discursiva (a escolha de uma ou outra estrutura, fórmula, citação). O leitor privilegiado dos manuscritos originais terá a oportunidade de observar como são vários os elementos que constituem cada um dos que denominamos espaços escriturais. As diferenças vão do papel usado – papéis coloridos, de seda, papel cartão, papel vergê ou velino – ao uso de tinta ou lápis e à sistematização de um esquema de rasuras e reescrita. Os espaços escriturais, em suma, são uma tentativa teórica de observação de constantes em uma atividade caracterizada pelo movimento, mas não hierarquizável. Ao pensarmos na escritura não só como odisseia, mas incluindo outras faces aqui delineadas, como a permeabilidade, a retroalimentação, a polifonia, essa não cessa de se escrever, de se reinventar, de explodir em mil peças. Em uma articulação com a proposta foucaultiana de arqueologia[12], este artifício teórico permite pensar os manuscritos livres da noção de prototexto e com idênticas condições de enunciabilidade do texto publicado, em vez de um antes e depois, ou momentos da criação.

---

12. Michel Foucault, *Arqueologia do Saber*, Paris, PUF, 1969.

Pensar, portanto, na correspondência como um dos tantos espaços escriturais de Flaubert, significa imediatamente a experimentação, a subjetividade, a distância. Ao escrever sobre um processo em andamento, além de existir uma elaboração *a posteriori* do próprio processo, a distância é bem clara, o que permite ler a correspondência como qualquer outro manuscrito. É possível, ainda, ler desta mesma forma os cadernos de viagem, repletos de observações variadas e de construções, estruturas, que podem ser facilmente encontradas nos manuscritos de trabalho.

Os espaços escriturais de mais íntima relação com seu tempo são, sem dúvida, os cadernos. De formatos variados, contêm, geralmente no caso dos cadernos de trabalho[13], anotações bibliográficas que visam subsidiar projetos específicos. Trata-se de prática quase que científica, parecida com um relatório de laboratório, no qual encontramos o que mais tarde se convencionou chamar de "fichamento". No geral são fichamentos de citações: temos os dados bibliográficos geralmente completos e um trecho interessante ou ainda um verbete que implica uma pesquisa pontual (como no caso da pesquisa acerca da pneumonia para desenvolver a doença de Félicité em "Un Cœur simple").

Como bem definiu Biasi em sua edição, os *cadernos de trabalho*

[...] são uma forma de passear no espaço imaginário desses devaneios sem fim. Neles encontraremos montanhas de erudição, expedições longínquas pelos confins da história, uma coleção de monstros, de fatos de atualidade, algumas confidências sob forma de monólogo interior, e pesquisas efetuadas ao ar livre sobre as falésias normandas ou sobre o calçamento das ruas. Neles veremos as obras se escreverem, capítulo por capítulo, e se inventarem novos projetos[14].

---

13. Biasi, em sua edição dos cadernos, desenvolve uma introdução estruturada e exaustiva a respeito não só do formato como do uso dos cadernos para suas respectivas finalidades: anotações de viagem, pesquisa bibliográfica, projetos, ideias etc.
14. *Carnets de Travail*, Paris, Balland, 1988 (ed. estabelecida por Pierre-Marc de Biasi), p. 13.

Outro desses espaços escriturais é constituído pelos manuscritos de trabalho propriamente ditos, divididos em planos, roteiros e rascunhos, cujos fólios são preenchidos, aparentemente, conforme o papel da pilha vai sendo usado. Assim, os versos dos fólios não costumam ter relação cronológica direta com suas frentes. Vale ressaltar, ainda, que a divisão acima é resultante da insatisfação de Flaubert após a conclusão da *Educação Sentimental* de 1845, à qual ele atribui falta de plano. Gothot-Mersch conclui[15], após análise dos manuscritos de *Madame Bovary*, que o trabalho de escritura se dá por aprofundamentos sucessivos, sugerindo a seguinte ordem: roteiros gerais, roteiros parciais, esboços e rascunhos.

Não parecem apresentar uma sequência fixa, na qual uma etapa excluiria as demais, e fica claro que não se tratava mais da redação espontânea que caracterizara seus escritos de juventude.

Os roteiros, *scénarios*, foram assim classificados pelo próprio autor, *avant la lettre*. Lembram bastante o que se chamaria posteriormente de roteiro para o formato textual com finalidade cinematográfica, mas são fortemente marcados por sua característica primeira: a de guiar a redação de forma pormenorizada. Os roteiros podem ser de conjunto, contemplando a obra como um todo, ou parciais, contemplando uma passagem pontual a ser desenvolvida, ou cena.

Os planos visam à organização, ou reorganização, da narrativa, característica que não se repete em nenhum roteiro e que permite tal distinção. Pretendem, pelo que pude observar a partir da manipulação dos originais[16], articular os elementos da narrativa e podem ser elaborados a qualquer momento. Por vezes, denotam uma tentativa de recuperação de uma memória da totalidade do que foi escrito, haja vista o volume de versões

---

15. *La genèse de Madame Bovary*, Genève-Paris, Slaktine Reprints, 1980. [Réimpression de l'édition de Paris, 1966].
16. E aqui destaco a importância dessa experiência, já que os microfilmes ou as fotocópias eliminam as densidades, os rastros de uso do papel, a dimensão do uso de lápis em contraste com o uso da tinta, entre outros elementos.

redigidas para cada trecho. O mesmo parece acontecer com os eventuais sumários, que, apesar de apresentarem um formato muito parecido com o dos planos, contêm uma espécie de resumo de roteiros mais detalhados. Um exame material de alguns sumários, planos e roteiros da segunda *Educação Sentimental* permite supor que se tratassem de elementos que estavam permanentemente ao alcance dos olhos, para consultas e modificações constantes. São fólios escritos, geralmente, em papel cartão, mais resistente e menos caro do que o papel vergê ou o velino, usados para os rascunhos e cópia do copista. Ao contrário dos fólios redacionais, estes apresentavam muitas dobras, denotando manipulação constante. Parecem, assim, constituir uma espécie de tentativa de criação de uma memória artificial de elementos considerados necessários para o bom andamento da etapa redacional. Gothot-Mersch afirma:

> Disse-se que Zola estabelecia previamente o esquema de seus romances, capítulo por capítulo. Em Flaubert, um roteiro é quase indivisível, talvez por não ser sistematicamente organizado: longas descrições convivem com passagens narrativas ou anotações psicológicas. [...] Na verdade, os roteiros de Flaubert não são verdadeiros planos; são projetos, testemunhas de um esforço de organização comparável a uma espécie de ímpeto vital[17].

Contudo, ainda cai na armadilha dessa tensão entre a organização e o desenvolvimento em liberdade ao afirmar que o romance se desenvolve livremente "segundo a inspiração de Flaubert". A organização de um conjunto de diretrizes internas ou regras nada mais serve do que de guia, não teria motivos para representar uma camisa-de-força autoimposta pelo próprio escritor. Se tivermos o cuidado de ler tais roteiros, assim como os planos, à luz das propostas feitas posteriormente pelos surrealistas e da resposta dos membros do Oulipo, podemos pensar nas restrições supostamente impostas por essas formas como mecanismos de

---

17. *Idem*, pp. 146-147.

exercício de liberdade criativa[18]. Em outras palavras, a escritura vai ganhando forma a partir de seu próprio exercício, assim como a autoria vai se configurando a partir de cada escolha, de cada rasura[19]. E, de tais movimentos, os manuscritos constituem traços reveladores, parte de um testemunho privilegiado.

Finalmente, e aqui não há qualquer tipo de consenso por parte dos flaubertianos, incluo nesses espaços escriturais as margens dos rascunhos. As margens funcionam como um espaço, fisicamente bem delimitado antes da página ser preenchida por meio de uma dobra no papel a ser trabalhado, de transição entre as hierarquias de trabalho recém-citadas: planos, roteiros e rascunhos. Nas margens encontram-se, de forma sucinta, frases já prontas que aguardam a vez no texto em elaboração, ideias embrionárias que serão, ou não, incluídas. Há, também, questionamentos, desenhos, sugestões de ordenamento da frase. O espaço é ainda mais importante, já que evidencia uma intensa atividade de leitura, constituindo uma espécie de grande rasura sistematizada, o lugar da rasura por excelência. Ainda, quando as palavras faltam, pode configurar-se como canteiro de experiências; tal é o caso do desenho de Machaerous que precede sua textualização e no qual a localização da cidadela, ponto de partida do conto, representa um problema maior[20]. Em suma, a noção de espaço permite identificar, mesmo que com finalidade estritamente didática, as estruturações escriturais, já estudadas pela crítica flaubertiana, sem abrir mão de incluir uma simultaneidade. Em outras palavras, todos os esquemas descritos acima podem ter sido trabalhados de forma, se não simultânea, pelo menos paralela, configurando a

---

18. Para uma análise aprofundada do alcance dessas restrições propostas pelo grupo Oulipo, remeto o leitor ao artigo preparado por Artur Matuck, Roberto Zular e Claudia Amigo Pino para o número 52 da revista *Cult*, assim como ao livro *A Ficção da Escrita* de Cláudia Amigo Pino, que trata de um romance inacabado e publicado sob forma de manuscrito de Georges Perec.
19. Remeto o leitor à proposta de Philippe Willemart em *Bastidores da Criação Literária*, *op. cit.*
20. Remetemos ao capítulo em que Willemart, 1999, analisa as funções da imagem no manuscrito, pp. 51-62.

escritura como uma articulação de problemas tanto de ordem estrutural como de conteúdo da proposta romanesca. A escritura se caracterizaria, portanto, pelo intervalo. Este, por sua vez, poderia ser caracterizado, entre outros, pela questão da permeabilidade discursiva, das restrições operacionais que visavam a uma criação menos "inspirada" ou "divina", pelas rasuras temporais operadas tanto pelas pausas para os devaneios, como para as leituras em voz alta, a prática do *gueuloir*. Tratou-se de ler suas condições de configuração, em vez de seu momento e ordem de surgimento.

Com relação à redação propriamente dita, as diversas análises de manuscritos, aliadas aos testemunhos registrados na correspondência do escritor, revelam que o trabalho era elaborado no nível da página, reescrita várias vezes, para, em seguida, se dedicar à próxima página de um mesmo trecho. Ao final das diversas versões de cada página, que ele chega a recopiar *ipsis litteris*, retoma o trecho para retrabalhar todas as páginas que o compõem. Outra possibilidade é que o *scriptor* trabalhe vários trechos ao mesmo tempo. A última retomada de um trecho caracteriza-se por um texto mais limpo, entenda-se menos rasurado, mais claro e de letra mais legível do que as versões anteriores. Aparentemente, o que parece ser um consenso entre os flaubertianos, os limites para cada página são estritamente materiais, e, por que não, espaciais: o *scriptor* se limita à página; o que por vezes nos mostra uma caligrafia apertada, que ainda tem muito a desenvolver antes de chegar ao final da folha[21].

EM TORNO DE *MADAME BOVARY*

Reitero a proposta inicial ao afirmar que não é minha intenção (re)construir a gênese de qualquer das obras de Flaubert aqui

---

21. Essa limitação espacial, juntamente com o espaço bem demarcado que é sempre reservado às margens, foi o guia de nossa reflexão acerca dos espaços escriturais.

citadas. Entretanto, julguei interessante, sobretudo para o leitor brasileiro, apontar algumas questões a respeito das condições de trabalho da mais amplamente criticada empresa flaubertiana.

Em 1966, em um dos primeiros estudos "genéticos" publicados, Claudine Gothot-Mersch lança seu livro acerca da gênese de *Madame Bovary*. Nele temos a análise detalhada da estrutura de composição do romance, dos primeiros roteiros e planos aos rascunhos do primeiro capítulo, "do primeiro pensamento que ele [Flaubert] possa ter tido a respeito de *Madame Bovary*, até o romance como nós o conhecemos"[22].

Relembro, primeiramente, o contexto de trabalho no qual se situa o início do projeto de *Madame Bovary*[23]:

> Antes de partir para o Oriente, Flaubert quis terminar *A Tentação de Santo Antão*, que estava em obras havia mais de um ano. Depois de terminada a redação, ele convocou seus dois amigos, Du Camp e Bouilhet, e submeteu-lhes sua obra. Durante quatro dias, ele leu, e na noite do quarto dia, depois de ter virado a última página, o veredicto foi pronunciado: "É preciso jogar isso no fogo e não mencioná-lo nunca mais!"[24]

Ao que se seguiram inúmeros conselhos, dentre os quais escrever algo mais terreno, que o obrigasse a renunciar ao lirismo, porque este seria ridículo. Talvez um dos incidentes comuns da vida burguesa. Um deles teria sido o célebre caso de Delphine Delamare[25]. O caso foi relatado por Du Camp anos mais tarde, sob o nome de Delaunay, por partes, e no qual ficção e realidade se misturam, criando semelhanças detalhadas entre o caso real e o romance de Flaubert:

22. *Idem*, p. 14.
23. Decidi analisar o momento de produção de *Madame Bovary* e não da *Educação Sentimental* por se tratar do que a crítica flaubertiana denomina "entrada em literatura". É com essa obra que Flaubert inaugura sua dedicação exclusiva à literatura, após seu ataque dos nervos e da *dispensa paterna* dos estudos de direito. Trata-se, portanto, de etapa essencial para a formulação de hipóteses sobre a escritura.
24. *Idem*, p. 21.
25. Citado por Rubem Fonseca em *Bufo e Sapalanzani* na figura de sua personagem Delfina Delamare que pede que seu amante a ajude a se suicidar.

Casado em primeiras bodas com uma mulher mais velha do que ele e que ele acreditara rica, enviúva e casa-se uma segunda vez com uma jovem sem fortuna que recebera alguma instrução em um colégio interno de Rouen. Era uma pequena mulher sem beleza, cujos cabelos amarelos desbotados emolduravam um rosto salpicado de sardas.
[...]
Cheia de dívidas, perseguida por seus credores, espancada pelos amantes, pelos quais roubava o marido, foi tomada por um acesso de desespero e envenenou-se. Ela deixou para trás uma menina, que Delaunnay educou como pôde, mas o pobre homem, arruinado, esgotando seus recursos sem conseguir pagar as dívidas de sua mulher, apontado na rua, desgostoso da vida, por sua vez, fabricou ele mesmo cianureto de potássio e foi reencontrar aquela cuja perda deixara-o inconsolável[26].

Gothot-Mersch adentra os detalhes desse *fait divers*, acerca dos problemas que giram em torno do motivador principal, Bouilhet ou Du Camp, qual teria sido a verdadeira história de base e demais detalhes que pouco interesse têm para este trabalho. Mais uma vez, o que parece interessar mais, no âmbito desta proposta, é justamente observar como o trabalho da escritura literária se distancia dessas que seriam meras fontes para alguns, e que, para mim, se constituem em interfaces permeáveis do discurso. Tudo parece ser matéria de literatura, como se pode ler em Flaubert à luz de Borges.

Por outro lado, temos as *Memórias de Madame Ludovica*, anônimas, aparentemente sobre a vida e a separação do casal James Pradier, escultor reconhecido na época e amigo de Flaubert, e a *Fisiologia do Casamento* de Balzac, entre outras obras do mesmo autor. Endogeneticamente, ou seja, com relação às fontes que poderíamos considerar "internas", como a obra anterior do próprio Flaubert, destacam-se *Passion et vertu*, *Mémoires d'un fou*, *Novembre*, e a primeira *Educação Sentimental*.

---

26. Maxime du Camp, *Souvenirs littéraires*, t. I, pp. 435-436. *Apud* Gothot--Mersch, *op. cit.*, p. 26.

Terminado seu estudo das fontes documentais do romance, Gothot-Mersch dedica-se aos roteiros, procede à leitura detalhada dos quais, praticamente linha por linha, para corroborar a própria tese flaubertiana de que cada detalhe em sua obra é absolutamente essencial, de que nada seria gratuito. No caso da análise, se o detalhe parece não se justificar no âmbito da narrativa conhecida pelo leitor, a crítica recorre aos detalhes das fontes documentais apresentadas, acreditando, assim, remover-lhes uma eventual casualidade. Por outro lado, a análise do primeiro roteiro compara, permanentemente, seus elementos com o posterior desenvolvimento na versão publicada, de forma essencialmente cronológica. O *já presente* ou *ainda não desenvolvido* marcam uma leitura que acaba passando ao lado de eventuais contradições apresentadas pelos manuscritos ou, até mesmo, de experiências dignas de uma análise pontual não comparativa.

Percebe-se, ainda, que não parece haver interesse material, já que o leitor conta apenas com a transcrição do primeiro roteiro em anexo, sem qualquer alusão à espacialidade, à expressão visual das rasuras, à distribuição de tópicos ou à própria organização da página.

A análise insiste sobre a questão da ausência de método. Apesar de incorrer em alguns enganos, como no caso dos roteiros citados acima, confere espaço importante a outros elementos, além do simples trabalho desmesurado, que acabou, por momentos, conferindo a Flaubert um caráter exclusivamente funcional, o de um mero "operário" do estilo.

O trabalho de Flaubert, no estágio ao qual nos dedicamos, se apresenta então como o lento aprofundamento de um primeiro esboço. Às vezes roteiros completos, às vezes reunião de anotações, os projetos do escritor seguem os meandros de seu pensamento, atendo-se aqui a uma descrição, acolá a um detalhe secundário, sem se preocupar demasiadamente com a estrutura de conjunto. Não há cronologia, divisão de capítulos, preocupação com as proporções na importância relativa dada aos diferentes detalhes, às diferentes cenas. Nenhum enquadramento: Madame Bovary se desenvolve como por um movimento interno que faz amadurecer e eclodir os acontecimentos. Nada em comum com os romances que procedem por um desenvolvimento metódico de episódios concertados, com a intervenção de uma série de personagens preconcebidos; em Madame Bovary, tudo resultou de uma primeira ideia, de um tema psicológico, que, aos poucos, faz nascer uma narrativa[27].

Após a análise dos roteiros, Gothot-Mersch dedica-se à redação propriamente dita do romance:

Alguns dias depois de ter começado a redação de *Madame Bovary*, Flaubert viaja a Londres com sua mãe. A viagem estava prevista há tempos. Quando retorna, ele se tranca em Croisset, de onde não sairá mais. Durante quatro anos, do outono ao início do verão, nada o distrai de seu trabalho, a não ser algumas breves estadias em Paris ou em Mantes. Por outro lado, a bela Senhora Colet vê-se obrigada a esperar, de semana em semana, a chegada do escritor, decidido a terminar tal trecho de seu romance antes de marcar um novo encontro[28].

Todavia, não devemos nos deixar enganar pelas aparências. Flaubert passa muitas horas em seu escritório, sentado à grande mesa, mas sonha muito. Sonha acordado, imagina cenas por construir, tenta construir imagens a partir das cenas já redigidas, lê em voz alta, luta com as frases, com as palavras. Suas doze horas de trabalho também incluem as horas ao longo das quais não consegue sequer escrever uma linha.

O resultado de tanto tempo de trabalho – inicia o projeto em 20 de setembro de 1851 e conclui a redação em abril de 1856 – está plasmado em mais de sessenta roteiros parciais e três mil e seiscentos fólios de rascunhos para um romance de aproximadamente quinhentas páginas. Alguns trechos de *Madame Bovary*, assim como o restante de sua obra, foram recomeçados até doze vezes. Como trabalhava por versões, ele mesmo as numerava, empregando a mesma cifra para cada

---

27. *Idem*, p. 151.
28. *Idem*, p. 159.

versão do mesmo trecho. Essa sistematicidade é muito útil quando procuramos as diferentes versões de um mesmo trecho, mas nada diz a respeito de sua cronologia de escritura, o que acabou obrigando os pesquisadores de seus manuscritos a analisarem outros elementos de seu trabalho redacional.

Como as Mil Peças de um Jogo de Escritura

O leitor mais experimentado deve ter reconhecido a alusão à fórmula "como as mil peças de um fogo de artifício", presente tanto na carta de Flaubert a Taine em 1866, como quando da alucinação de Emma Bovary prévia ao suicídio:

> Depois, de repente, como o trovão, invasão ou melhor irrupção instantânea "da memória", porque a alucinação propriamente dita não é outra coisa – pelo menos para mim. É uma doença da memória, uma descarga do que ela encerra. Sentimos as imagens se escaparem de nós como caudais de sangue. Parece que tudo o temos na cabeça explode ao mesmo tempo "como as mil peças de um fogo de artifício", e que não temos tempo de olhar as imagens internas que desfilam com fúria. – Em outras circunstâncias, começa por uma única imagem que cresce, se desenvolve e acaba cobrindo a realidade objetiva, como por exemplo uma centelha que escapa e se torna um grande incêndio em chamas. Nesse último caso, podemos muito bem pensar em outra coisa, "ao mesmo tempo"; e isso quase se confunde com o que chamamos de "borboletas pretas", ou seja, essas rodelas de cetim que certas pessoas veem flutuar no ar, quando o céu está acinzentado e que elas estão com a vista cansada[29].

A escolha do título também prefigura, de certa forma, o fio condutor deste livro, já que propus uma análise das dimensões do detalhe que remeteria, de forma quase que metafórica, aos jogos de escritura presentes nos manuscritos. A construção da alucinação, como detalhe narrativo nos manuscritos flaubertia-

---

29. Carta a Hypolite Taine, 1º de dezembro de 1866).

nos, remete à construção da imagem mental relacionada a determinados estados psíquicos, problemática narrativa recorrente no século XIX. Porém, as sucessivas campanhas de escritura revelam uma preocupação narrativa com a construção do efeito de real que supera a discussão temática, aparentemente predominante. Articulo, ainda, a repetição do detalhe, representado pela metáfora atribuída à alucinação a partir da construção do efeito de real, partindo de uma reflexão que contempla as várias versões de composição de um trecho alucinatório em *Madame Bovary* e em *A Educação Sentimental*. Destaco os movimentos de deslocamento e condensação em relação aos demais espaços escriturais do escritor: a correspondência, os cadernos de trabalho, os planos e roteiros e os manuscritos relativos às outras obras. Trata-se do percurso obscuro das considerações acerca da construção imagética e do preenchimento de um vazio nos jogos escriturais de Gustave Flaubert.

A Alucinação nos Planos e Roteiros de *Madame Bovary*

Esta primeira parte pretende apresentar uma leitura dos planos e roteiros de *Madame Bovary*, transcritos por Yvan Leclerc[30], como uma primeira etapa antes da leitura do dossiê constituído pelos manuscritos redacionais, ou de trabalho. Como visto anteriormente, trata-se de fase supostamente preliminar ao trabalho, mas que ao manusear os planos e roteiros de outras obras, pode constituir espaço escritural paralelo à redação propriamente dita. A título de localização no universo do romance, segue um resumo das condições narrativas nas quais a cena é construída. Emma Bovary está repleta de dívidas, resultantes

---

30. Todas as referências aos fólios tomarão como base a paginação desta edição, que conta com fac-símiles e transcrição diplomática dos fólios. *Plans et scénarios de* Madame Bovary. *Gustave Flaubert. Présentation, transcription et notes par Yvan Leclerc*, Paris, CNRS-Zulma, 1995.

de suas relações com seus amantes e que não poderá pagar. Decide, então, procurar o primeiro deles, Rodolphe, para pedir-lhe um empréstimo e salvar não só sua vida social como também seu casamento. Vai ao castelo de Rodolphe e questiona-o a respeito de seu amor por ela, dizendo-lhe em seguida para que lá estava. Sem receber a ajuda que esperava, sai transtornada em direção a Yonville e, no auge de uma espécie de surto nervoso, alucina discos luminosos com o rosto de Rodolphe. É então que, como que em uma revelação, toma a decisão de roubar arsênico para suicidar-se, dado que o leitor somente descobre quando o personagem chega à farmácia.

– Não os tenho! respondeu Rodolphe com aquela calma perfeita com que se cobrem, como com um escudo, as cóleras resignadas.

Ela saiu. As paredes tremiam, o teto a esmagava; e passou novamente pela longa alameda, tropeçando nos montes de folhas mortas que o vento dispersava. Enfim, chegou ao largo fosso diante da grade; quebrou as unhas na fechadura tal a pressa com que a abriu. Depois, cem passos adiante, ofegante, prestes a cair, ela parou. E então, olhando para trás, percebeu mais uma vez o impassível castelo, com o parque, os jardins, os três pátios e todas as janelas da fachada.

Permaneceu perdida em seu assombro, tendo consciência de si mesma pelas batidas de suas artérias que ela julgava ouvir fluir como uma ensurdecedora música que enchia o campo. O solo, sob seus pés, era mais mole do que uma onda e os sulcos pareceram-lhe imensas vagas escuras que rebentavam. Todas as reminiscências, as ideias que havia em sua cabeça, escapavam-se ao mesmo tempo, de uma única vez, como os mil pedaços de um fogo de artifício. Viu seu pai, o gabinete de Lheureux, o quarto do hotel, uma outra paisagem. A loucura assaltava-a, teve medo e chegou a controlar-se, mas confusamente, é verdade; pois não lembrava a causa de seu horrível estado, isto é, a questão do dinheiro. Sofria somente em seu amor e sentia sua alma abandoná-la com aquela lembrança, como os feridos, ao agonizar, sentem a existência esvair-se por sua chaga que sangra.

A noite caía, algumas gralhas voavam.

Pareceu-lhe de repente que globos cor de fogo estouravam no ar como bolas fulminantes achatando-se, e giravam, giravam, para ir fundir-se na neve, entre os galhos das árvores. No meio de cada um deles, a figura de Rodolphe aparecia. Eles multiplicavam-se e se aproximavam,

penetravam-na; depois, tudo desapareceu. Ela reconheceu as luzae das casas que resplandeciam de longe na neblina.
Então sua situação, como um abismo, apresentou-se novamente. Ela ofegava como se seu peito fosse arrebentar. Depois, num transporte de heroísmo que a tornava quase alegre, desceu correndo a encosta, atravessou a prancha das vacas, o atalho, a alameda, o mercado e chegou diante da loja do farmacêutico[31].

Aqui, a cena está visivelmente mais desenvolvida do que os traços que encontramos nos roteiros e planos do romance, mas é interessante – apesar de neste ponto ainda não incluir uma leitura dos manuscritos de trabalho – observarmos como são trabalhados alguns detalhes determinantes da construção da cena.

São folhas esparsas, trabalhadas não só antes, como também durante a escritura do romance. O roteiro, como visto antes de iniciar a leitura dos manuscritos, não pressupõe um tipo de trabalho anterior ao da redação propriamente dita. Pode aparecer durante uma pausa entre correções do que já foi escrito e o trabalho da frase da parte que ainda não foi redigida. Parece tratar-se de uma categoria que adquire papel de peso no encadeamento dos elementos constituintes do texto, assegurando um "sucesso estético". Os planos também podem aparecer durante a redação, garantindo, juntamente com alguns resumos, a manutenção e a coerência do fio narrativo.

A Cena

Para esboçar reflexões iniciais acerca dessa cena, decidi incluir aqui uma leitura pormenorizada do primeiro roteiro geral, que compreende a totalidade do romance, e dos três roteiros que tratam do conjunto da cena e de sua localização no romance.

---

31. Gustave Flaubert, *Madame Bovary*, trad. Fúlvia Moretto, São Paulo, Nova Alexandria, 1993, p. 270.

[f°1r°] (p.1):
Neste fólio, tem-se um personagem cujo nome ainda não foi definido, "Marie, Maria, Marianne ou Marietta", mas que é caracterizado como impregnado pela vida parisiense dos romances, além de solitário. Mas, com relação a essas características lê-se:

> isto desenvolvido mais tarde – nessa época [começo do casamento] ela ainda está no sonho e no tédio.

Eis o que Grésillon[32] chamou de voz interior exteriorizada, bem à maneira de didascálias teatrais, o que remete a uma espécie de encenação da escritura, como uma preparação para o que se poderia chamar de *cena da escritura romanesca*. São claras as indicações a respeito de como proceder, assim como dos elementos a serem incluídos, o que denota uma preocupação narrativa bastante marcada. Aqui, o sonho parece ocupar um lugar de binômio ao lado do tédio, como um par simbólico que caracterizaria o personagem, que se desloca entre um e outro. Desde já saliento que tal modo de construção, por binômios, é bastante característico da escritura flaubertiana. As caracterizações dos personagens estão sempre entre dois elementos marcantes, o que pode anunciar uma brecha de desenvolvimento do que se convencionou como discurso indireto livre.

> longa espera de uma paixão e de um acontecimento que não chega.

Um adendo feito fora do corpo principal do texto, essa espera introduz uma função temporal à concepção do personagem. Esses períodos de sonho e de tédio que se alternam parecem tentar preencher o período de espera, quase como uma busca pessoal.

---

32. "Langage de l'ébauche: parole intérieure extériorisée", *Langages*, septembre 2002, 147, Paris, Larousse, pp. 19-38.

[f°1v°] (p.2)

de volta à casa – o mundo está vazio – acalma-se

Seria interessante acompanhar o desenvolvimento desse vazio instalado ao redor do personagem, que poderia estar ligado ao surgimento dos sonhos que o personagem tem acordado, ou até mesmo às imagens que irrompem antes da alucinação. Não se trata de uma suspeita original, mas de uma comparação com o recurso empregado na construção das alucinações já analisadas no volume de contos do mesmo autor[33].

Logo em seguida, ainda no mesmo fólio:

> leitura se romances (do ponto de vista da sensualidade imaginativa) gastos – os registros do fornecedor!
> esvazia seu coração ao amante à medida que os sentidos se desenvolvem
> vertigem. – não consegue, no entanto, amar seu marido

Mais uma vez, o vazio se estabelece e penetra o coração do personagem, desencadeando outra rede de relações que tem a ver com as percepções. À proporção que os sentidos se desenvolvem, a imaginação vai perdendo lugar, juntamente com o amor; o que ainda não está suficientemente desenvolvido para que possa tirar mais conclusões. De todas formas, o paralelo com o personagem Félicité parece possível, já que a visão é construída para preencher sua ausência de sentidos. O que parece divergir é o fato do isolamento sensorial de Félicité aumentar proporcionalmente o amor de seu coração, o que não se observa em Emma.

No fólio 2r° (p. 3) há características suplementares do personagem Emma, que tenta desenvolver vários tipos de atividades artísticas, no campo da música e do desenho, sem muito sucesso.

---

33. Dissertação de mestrado da mesma autora intitulada *Alucinação, Memória e Gozo Místico. Dimensões dos Manuscritos de* Un Cœur simple *e* Hérodias *de Flaubert*. Defendida em julho de 2000. Inédita.

Depois de aprender a andar a cavalo com um dos amantes lê-se:

[f°2v°] (p. 4)
ela está surpresa quando volta a si – é necessário que o primeiro golpe, em termos de cor, domine o resto da paixão – que guarde sempre o reflexo.

O léxico alude à construção de imagens: cor, reflexo etc. Mesmo se, aparentemente, as imagens parecem alimentar a construção narrativa, está-se diante de um recurso recorrente na escritura flaubertiana e que poderá ajudar, mais tarde, a trilhar a construção desta cena alucinatória.

O fólio 3r° (p. 5) é um segundo roteiro geral, dividido em partes que correspondem aos capítulos. Na terceira parte, tem-se a inclusão de Emma na narrativa: sua educação, a forma como se "deixa casar" e, em seguida:

seus sentidos ainda não despertaram [...] – vida solitária de Emma. tédio.

4. ela observa a grande estrada <onde passam os carros postilhões <e os carros de correio> que vão a Dieppe> – uma cadela que ela cria e que se chama Djali <passeia com ela nos campos de trigo e mordisca *coquelicots* [papoulas vermelhas do campo de trigo] >

É extremamente interessante percebermos como a escritura vai sendo retroalimentada, mesmo se em um estágio muito incipiente. Neste caso, para o leitor mais avisado da obra flaubertiana, podemos evocar o animal trazido para a exposição de Rouen do conto de juventude intitulado "Quid quid volueris", chamado Djalioh[34], em um nível endogenético, e o cabrito *Djali* de Esmeralda em *Notre-Dame de Paris*, de Victor Hugo, exogenetica-

---

34. Cf. ensaio de Leyla Perrone-Moisés intitulado "A Educação Escritural ou o Outro Flaubert", *Flores da Escrivaninha*, Companhia das Letras, São Paulo, 1998, pp. 67-83.

mente. Além disso, o animal, uma cadela de caça italiana, e de nome exótico, faz par com o personagem, preenchendo, de certa forma, a solidão antes estabelecida. A comparação com o par Félicité/Loulou parece bastante pertinente, mesmo se desenvolvidos diferentemente. Repete-se, aqui, a construção de pares, de binômios que sirvam para que o leitor, assim como o narrador, possam estabelecer associações que completem o personagem.

> seu marido não conversa a respeito de nada e não a desenvolve ela sente falta disso
> vago – atrás <da casa> jardim do padre com repolhos e roseiras
> noites de inverno leitura de revistas de moda e de romances – sonhos com a vida parisiense.> restorno de Charles, à noite, encharcado. <– refeição tarde – eu um vale dois rios arbustos na escada>

Essa falta de desenvolvimento dos sentidos do personagem não é mais que outro dos elementos que constituem o vazio, determinante na passagem do tédio ao sonho, às imagens mentais. Neste caso, o binômio Charles/Emma é responsável por uma forte incompatibilidade, por parte do personagem feminino, que produz um vazio constitutivo. Em seguida, a inclusão da cena do baile, decisiva para o primeiro despertar dos sentidos do personagem, e que acaba por instalar um novo fator de espera:

> anseio de luxo e de riqueza misturado ao amor (*a posteriori*)[35]
> 6. por um belo jovem qualquer que ela viu nesse baile – e quanto mais isso se distancia mais lhe parece que essa paixão aumenta quando ao contrário diminui.
> Mas <o que ela gosta de verdade e que se vai> é esse meio a vida dourada – ela anseia longamente, em seu coração uma paixão, um acontecimento, algo novo que não acontece – no ano seguinte, na mesma época o baile não é oferecido novamente.

---

35. Destaco o interessante uso do termo tão caro à psicanálise e, na literatura, muito explorado por Proust como mecanismo desencadeador da memória involuntária. Aqui, temo-lo também como uma espécie de mecanismo de extrema importância para o desencadeamento das alucinações e das relações marcadas pela memória.

É o momento em que se anuncia uma primeira crise: ela se tranca em seu quarto para chorar e faz tudo ao seu alcance para convencer seu marido, que se preocupa com sua saúde, a mudar-se do campo para uma cidade próxima de Rouen. Percebe-se o quão importante é, para a narrativa, que o personagem incorra em um erro de percepção. O que ela considera ser um amor que aumenta, por alguém não só desconhecido como uma pessoa qualquer, é na realidade um sentimento que diminui. O personagem não tem um objeto definido que pudesse constituir um alvo de desejo, quer apenas sentir o que lê por alguém que desperte seus sentidos, o que talvez explique a profusão de amantes que se intercalam, em uma condição de espera permanente. O vazio é cada vez mais profundo, a espera mais e mais longa.

[fº3vº] (p. 6), continuação do segundo roteiro geral.

Em Yonville começam as relações entre Emma e seus amantes. Léon, o primeiro, é descrito como um personagem muito parecido com Charles, o que parece bastante paradoxal. Entretanto, a construção do personagem acaba, como se sabe, tomando outro rumo. Interessa, aqui, o momento escolhido para sua abordagem:

> passa todos os dias, sobre a pequena calçada de pedras sob sua janela, perto da calha que cospe água a três pés do chão, ele passa na hora mais desocupada do dia.

O candidato a amante está presente justamente quando o vazio do dia se instala, quando Emma tem que conviver com o ócio, outro tipo de vazio. No momento do tédio surge uma oportunidade para a paixão, construção que permite fazer operar o binômio apresentado, logo no início do primeiro roteiro geral. A tentativa de preencher o vazio situa-se em um paradigma que permite que a narrativa articule justificativas para que Emma ceda a Léon. Note-se como o amor tem, na construção desse personagem, um caráter marcadamente substitutivo.

É ainda interessante observar que não se trata de mostrar um personagem que inicia uma vida dupla, mas que quer viver uma paixão:

à noite ela encontra formas de não beijar seu marido

Todas as vezes que Emma viverá uma paixão, um sentimento de repulsa por seu marido a invadirá. Entretanto, ao mesmo tempo que a narrativa desvenda um Léon cada vez mais parecido com Charles, o interesse de Emma diminui proporcionalmente. Opera-se uma substituição na narrativa. Parece tratar-se da construção de objetos que permitam a manutenção do desejo[36]. A cada amante, o personagem desperta para uma série de outros objetos que mantêm seu desejo circulando: móveis, roupas, champanhes, quartos de hotel.

Léon ainda está em Yonville quando Rodolphe se torna amante de Me. B. ele a toma de assalto e arranca-a da sentimentalidade [honesta] passional.
agarra-a galhardamente e remexe-lhe vigorosamente o temperamento – é no bosque, a cavalo – encontro no bosque [ímpeto] do prazer franco os se exaltam a cabeça também <ela se vinga da vida anterior> – seu amante acaba ficando assustado, contrariado – desenvolveu-a demais e a manda passear.

(acréscimo)
– o sentimento levou-a aos sentidos. os sentidos levaram-na ao sentimento – é aí que ama verdadeiramente.

Finalmente, a narrativa desenvolve um personagem experiente, que descobre o gosto por uma vida intensa e que corresponde ao objeto que o personagem Emma busca. Rodolphe

---

36. Aludo, claramente, à teoria pulsional lacaniana, na qual os chamados objetos "a" permitiriam que a roda do desejo continuasse girando – para usar a imagem de Willemart em *Bastidores da Criação Literária, op. cit.* A ausência do desejo significaria a morte do sujeito.

parece ser o personagem perfeito para despertar os sentidos desde o início não desenvolvidos da protagonista. Quando o personagem está muito próximo de adquirir um caráter de completude, a narrativa encarrega-se de estabelecer a falta mais uma vez, fazendo com que o amante se sinta desgostoso e a abandone. O antigo vazio retorna, trazendo o tédio e a necessidade de completar o ciclo com paixão, o que justifica que Emma volte a procurar o primeiro candidato, Léon, mas desta vez mais experiente e com os "sentidos" despertados.

(em margem)
ela usa apenas camisolas – perfumes – arrepia-se de volúpia ao pentear os cabelos que lhe caem sobre os ombros – sua toalete é demorada
torna-se gulosa

[desespe] hábito de transar torna-a sensual – o desespero do confortável não-saciado faz emergir a necessidade poética do luxo – vida pecadora, – amor pelo adultério, e pela traição [...]

retomada com Théodore[37] – desilusão – não há mais nada
tenta voltar ao seu marido – impossível vertigem.

Percebe-se uma construção que ainda não definiu um narrador ou, pelo menos, um narrador cuja focalização esteja clara. Os elementos aqui presentes parecem suceder-se como em uma simulação de um tempo real. A forma recém-lida apresenta contornos muito semelhantes aos das indicações dadas pelos diretores de cinema mudo, que tinham que alimentar a imaginação de seus atores para criar o ambiente propício para as reações dramáticas[38]. O universo paralelo restabelece-se, mas seu vazio não consegue ser preenchido. Ainda na parte inferior da

---

37. Primeiro nome de Rodolphe.
38. Penso, de forma diretamente análoga a esta ideia, e cujo formato é bastante ilustrativo, na forma como o diretor de cinema alemão Friederich Murnau teria conduzido as filmagens de sua obra prima *Nosferatu*, como caracterizado no filme *A Sombra do Vampiro*.

página temos algo muito interessante, que faz alusão ao amante desconhecido e platônico do baile:

o vago Sr. do baile remete-a a Amedeu o sonho flutuante se fixa

Percebe-se, nessa retomada dos relacionamentos atribuídos ao personagem Emma, como os objetos vão sendo alternados, em uma dinâmica que se assemelha à de uma espiral[39], a partir das relações articuladas na narrativa ao se alternarem momentos marcados pelo vazio, tédio ou arrebatamento da paixão. O tédio, decorrente de um vazio que se aplica não só à vida do personagem, mas também ao seu coração, é essencial para o surgimento de um acontecimento singular, seja a chegada de um novo amante, a compra de objetos de luxo, os prazeres da comida... Quando todos esses fatores, que antes preenchiam o personagem, parecem, por sua vez, provocar um novo vazio, desta vez mais profundo e marcado por acontecimentos irreversíveis, a solução romanesca mais razoável parece ser a morte. É nesse intervalo entre o vazio e a morte que intervém a alucinação, que traz à tona uma verdade. Esta verdade seria dupla: a verdade para o personagem coincidiria com um desvendamento da escritura, um momento de afirmação do estilo, de autoria. Se voltar a pensar nos roteiros e na voz interior exteriorizada de Grésillon, pode-se tentar entender essa verdade, esse deslindamento, como um ato, um momento no qual o projeto escritural coincide com a forma encontrada.

A configuração de uma verdade a partir do jogo escritural com a ilusão é uma das bases constitutivas da construção da *Tentação*, como aponta o diabo, em seu diálogo com o asceta:

---

39. Willemart trata da questão da espiral em seu ensaio "Como se Constitui a Escritura Literária?", *Criação em Processo. Ensaios de Crítica Genética*, op. cit., para compreender a dinâmica entre as instâncias constituintes da escritura literária em um movimento que o crítico caracteriza como "texto móvel" e que manteria o valor de gozo na constituição da escritura.

A Forma talvez seja um erro de teus sentidos, a subestância uma imaginação de teu pensamento.

A não ser que o mundo seja um fluxo perpétuo das coisas, a aparência, ao contrário, é o que há de mais verdadeiro, a ilusão a única verdade[40].

Dessa forma, como previne Daunais:

Pouco importa que a ilusão nasça da imaginação ou da percepção, ambos os discursos se reúnem em torno de uma mesma apreensão: a do engano. No primeiro caso, a ilusão é uma forma de representar o real, de imaginar as coisas quando elas não estão nele. Flaubert [...] percebe esse tipo de ilusão como um erro de julgamento[41].

O formato alucinatório seria uma opção ilusória ideal para o desvendamento da verdade, sem cair na armadilha do engano ao qual nos leva a ilusão. Isso se dá porque, segundo as anotações de Flaubert acerca da alucinação, como veremos mais tarde, aquele que alucina sabe distinguir a ilusão da realidade e, portanto, não há engano, apenas a verdade. De forma análoga, pode-se pensar a leitura a partir da mesma dinâmica entre ilusão e realidade, já que o pacto essencial para a leitura de uma narrativa romanesca é o leitor estar plenamente consciente de que o texto é ficcional.

Nos roteiros parciais, que tratam mais especificamente do episódio alucinatório, observa-se a sua relação com o desejo construído para o personagem.

[f°37r°] (p. 19) na margem:

que uma questão de dinheiro esteja misturada à sua últ[ima] visita a R.[odolphe]. – sentimento complexo
é um último recurso geral

---

40. Œuvres completes, t. 1, p. 148.
41. Isabelle Daunais, *Flaubert et la scénographie romanesque*, Paris, Nizet, 1993, p. 16.

no corpo do texto:

> progressão da derrocada financeira
> as memórias chovem – *vertigem* – isolada, perdida, devorada de amor sem objetivo ela pensa em Rodolphe e quer revê-lo –

Estes elementos interessantes, do ponto de vista da escritura, assemelham-se consideravelmente à construção da alucinação do tetrarca Herodes Antipas, ou seja, à relação estreita entre a maior preocupação do personagem com fatos que irrompem da memória e a intervenção da alucinação, que neste primeiro momento se pode, sem grandes problemas, atribuir ou associar à palavra sublinhada: vertigem. O momento de grande preocupação, que beira o desespero, e que faz com que a mente recorra à memória, poderia ser visto de forma análoga, e bastante anacrônica, como o paciente que recorre ao divã para tentar resolver sua dor e que, em um primeiro estágio freudiano, se fiava na memória para relatar os sonhos. Estes encontram, na construção flaubertiana, um paralelo bastante interessante nas vertigens, nas alucinações e nos devaneios, espécies de sonhos que os personagens distinguem da realidade, mas que traduzem alguma verdade, ou melhor, realidade.

Retomo o termo *vertigem*, desenvolvido em outro fólio:

> [f°35r°] (p. 56)
> casa de Rodolphe. mata burro. cães gritando. <*L'heureux* espera atrás de um arbusto. mas ao vê-la, ela parece tão desesperada que ele parte> – gde quarto. natural e desleixo de R. <sóis negros que rodam e representam no meio a figura de Rodolphe>
> – retorno. degelo. – roubo do arsênico. resolução.

O conteúdo da alucinação parece determinado: formas caracterizadas por intensa luminosidade revelam a figura do ser amado. É importante notar que se trata de um adendo posterior ao texto.

No fólio 32 r°, provavelmente posterior, a página, aparentemente recopiada, inclui a alucinação no corpo do texto, localizando-a no eixo temporal ou sequencial da narrativa e possibilitando um desenvolvimento mais detalhado da cena:

> Casa de Rodolphe. mata burro. cães gritando. gde quarto. natural e desleixo de Rodolphe. Retorno. *L'heureux* espera atrás de um arbusto. mas ela parece tão desesperada que não ousa abordá-la
> degelo – sóis negros que giram e no meio dos discos opacos a figura de Rodolphe. alucinação cilíndrica

A palavra vertigem, ou qualquer outro atenuante, foi completamente abandonada e substituída simplesmente por alucinação. Interessantemente, a alucinação foi categorizada, cilíndrica, como se existissem várias outras configurações geométricas que pudessem constar em um repertório médico e esta tivesse sido escolhida sob medida para o personagem. Seria interessante no confronto com o restante dos documentos de construção da cena, descobrir como foi feita essa escolha. Ainda assim, parece inevitável a associação desta construção, ou seja, uma mulher perdida de amor que, perturbada, alucina e os relatos posteriores das alucinações das mulheres histéricas das experiências do dr. Charcot na Salpêtrière. Outro elemento ainda, a questão da imagem dos discos de fogo, remete-nos às descrições das alucinações luminosas do dr. Schreber[42].

[f°41r°] (p. 59)
Os degraus da escada pareciam-lhe desfazer-se sob seus passos.
– essa casa execrável <perseguia-a> – os cães pareceiam-lhe querer devorá-la. as árvores como braços <faziam sinais> de desepero – ela virou--se. pulsar das artérias. sinfonia interior furiosa. Maldição sobre a casa.
psico. natureza. neve. <e suas ideias escapavam-lhe. o vento leva-a M[as]> ela não consegue acreditar que tenha vindo p. pedir dinheiro

---

42. Daniel Paul Schreber, *Mémoires d'un névropathe*, Paris, Éditions du Seuil, 1975 [1903].

ele rejeitou seu amor. alucinações –
chegada diante de Yonvillle – noite – fogos [luzes]. sentimento da situação. ideia ela X corre para a casa de Homais

M.[as] nada além do sentimento da dor

X como se nunca tivesse saído

Todos esses detalhes encontram-se no topo da página e o trecho foi completamente riscado com linhas diagonais superpostas, como se já tivesse sido incorporado à redação ou, opção menos provável neste caso, o trecho houvesse sido rejeitado, censurado.

A alucinação se dá por meio da construção de imagens, fundindo-se à realidade e como estágio culminante de um descontrole emocional, ou melhor, nervoso e de cunho até mesmo fisiológico: pressão descontrolada, representada pelas artérias que ressoam.

Por outro lado, estão os fogos (*feux*), que além de remeterem às luzes, sugerem fogos de artifício. Estes remetem, ainda que de forma velada e no interior mesmo da narrativa, aos fogos de artifício dos *comices*, e marcam o início da aproximação entre Rodolphe e Emma. Sua presença neste momento da narrativa, portanto, provoca um efeito de *flashback*, uma retomada de elementos já presentes no texto e na memória do leitor, no caso sob forma de imagem, criando uma *aparente*, e artificial, ligação entre o detalhe e o todo, já que a cena propriamente dita nem sequer é mencionada, quanto menos retomada.

Ainda, quando relacionados à alucinação, os fogos estabelecem um paralelismo inevitável com uma das alucinações de Frédéric em *A Educação Sentimental*:

> Frédéric fez-se reconduzir para os bulevares, indignado com a perda de tempo, furiosos contra o Cidadão, implorando sua presença como a de um deus, e firme na resolução de arrancá-lo do fundo das tabernas mais inacessíveis. Seu carro aborrecia-o, dispensou-o: suas ideias confundiam-se; em seguida, todos os nomes dos cafés pronunciados por

aquele imbecil jorravam de sua memória, ao mesmo tempo, como as mil peças de um fogo de artifício:[...][43]

Chama atenção a repetição de dois elementos na construção das alucinações, o primeiro é a presença de luzes ofuscantes – daí a associação com os feixes dourados que emanam da cabeça do dr. Schreber, a visão dourada de Félicité, a luminosidade do sol no deserto que prepara a alucinação auditiva do tetrarca Antipas –, e o segundo elemento é a associação que a própria narrativa constrói entre alucinação e memória, seja no sentido de uma disfunção, uma "irrupção instantânea" da memória no tempo, seja no intuito de revelar uma verdade esquecida ou não "consciente" do personagem (além da memória endogenética ou polifônica exigida do leitor).

Destaco, desta rápida e ainda incompleta leitura, o caráter sistêmico de alguns elementos. Primeiramente, a escritura, que parece atender somente a uma necessidade informativa, caracterizada pela ausência de trabalho no nível da frase, ou ainda do trabalho exaustivo e tipicamente flaubertiano de procura pela palavra justa, pela comparação acertada etc. Não se trata simplesmente de olhar para os manuscritos como um local privilegiado para uma reconstituição dos processos criativos; aliás, estes se tornam mais ou menos implícitos de acordo com o próprio interesse da arte em desvendá-los, ou do público em querer intervir, haja vista o trabalho narrativo de membros do Oulipo[44], por exemplo, em que o processo criativo é uma espécie de personagem narrativo. Trata-se de olhar para os manuscritos como objeto estético, como propõe Amigo Pino[45], e não apenas como documento. Enquanto objeto estético, estaria

---

43. Gustave Flaubert, *L'Éducation sentimentale*, começo do primeiro capítulo da segunda parte, p. 137, Pléiade, Éditions Gallimard, 1952.
44. Oulipo (Ouvrois de Littérature Potentielle), grupo do qual fizeram parte escritores como Raymond Queneau, Georges Peree, Umberto Eco e Ítalo Calvino.
45. "Crítica Genética Francesa: Revolução e Reação", *Manuscrítica 9*, São Paulo, Annablume, 2001, pp. 153-176.

passível de elaboração por parte do crítico, ou do leitor, o que justificaria a abordagem desta primeira leitura. Sem dúvida alguma, e toda a história da teoria literária ajudou a desvendá-las, reconhecem-se as instâncias básicas da produção literária: autor, narrador, personagens...

Todavia, e talvez os roteiros e planos sejam o tipo de manuscrito de trabalho ideal para isso, nem o narrador nem os personagens tenham ainda a autonomia que a narrativa poeticamente elaborada e editada, retrabalhada minuciosamente, enfim publicada, lhes outorga. Nestes documentos pode-se falar em latência apenas. Há um sujeito que apesar de brincar de deus não o é, e não consegue se incluir totalmente no que escreve, tanto que precisa desse aparato técnico para exercer controle sobre o processo – nos rascunhos redacionais – e do que não se lembra mais, ou não consegue controlar apropriadamente. Tem-se uma escritura que parece se configurar no intervalo dos espaços escriturais criados para o exercício poético. Um verdadeiro ato identificável somente no confronto entre o texto publicado e seus respectivos manuscritos, cujos rastros de outros discursos, de titubeios, escolhas, tropeços, arrependimentos, sucessos, repetições revelam pedaços de escritura. Insisto no caráter fragmentário desse desvendamento, simplesmente porque a verdade acerca da criação literária, ainda que seja a de um único escritor, não é acessível. Essa verdade não existe a não ser no tempo e no espaço de seu próprio exercício: o ato só existe no presente. Contudo, ao contrário do que sugere Lebrave[46], o presente necessário ao ato não exclui a memória, já que o ato só pode se configurar se considerado o receptor, no caso o leitor, que constrói a leitura e a memória dessa e das demais leituras. A memória aqui só existe nos restos, nos traços, no rejeito, na rasura, nos manuscritos. E são exatamente esses restos que permitem criar uma ficção a respeito da criação da

---

46. Jean-Louis Lebrave, "De la substante de la voix à la substance de l'écrit", *Langages*, septembre 2002, 147, Paris, Larousse, pp. 8-18.

obra revisitada criticamente. A releitura, ato do leitor, também busca reencontrar o gozo do momento presente representado pela primeira leitura.

Em tempos de grandes exposições de arte repletas de instalações, em que Louise Bourgeois nos permite determinar nosso olhar de público, em que as pausas televisivas mostram os avessos dos programas de televisão ou das campanhas publicitárias, em que artistas como Picasso ou Miró se deixam fotografar em ação, nada mais legítimo do que retomar os avessos da escritura e atribuir-lhes o mesmo estatuto das obras segmentadas. É preciso reescrever os rabiscos muitas vezes ilegíveis, determinar uma ordem – que pode não ser a cronologicamente mais precisa –, manipulá-los. Lendo-os, relendo-os infinitas vezes, efetuando recortes de acordo com convicções estético-ideológicas, faz-se exatamente o que se fazia quando o único objeto disponível era o texto impresso. Talvez seja incorrer em erros ao conferir à escritura características de sujeito, assim como fizeram os críticos com os personagens dos romances de todos os tempos. Contudo, esse movimento denota que existe uma autonomia forjada que a crítica pode explorar com legitimidade, com a vantagem de poder efetuar idas e vindas no eixo temporal da criação: dos manuscritos de trabalho aos roteiros; dos roteiros ao texto publicado e de volta aos manuscritos de trabalho.

Por outro lado, de volta às sistematicidades, ao manipular um universo maior de manuscritos de um mesmo escritor, percebo que existem pequenos detalhes, que não ocupam mais do que um parágrafo ou dois de cada obra, que remetem a uma reflexão mais aprofundada, a um universo escritural mais vasto. Esse é o caso da alucinação na obra flaubertiana. Por vezes não passa de uma palavra, presente uma única vez nos manuscritos e completamente mascarada no texto publicado; ou ainda configurada sob formatos repetitivos, quase tão reconhecível quanto ao uso inovador do pretérito imperfeito que tanto impressionou Proust.

Ao olhar para os manuscritos como um universo paralelo ao texto publicado, que pode ser lido em tempos também paralelos – e não apenas considerado como sendo cronologicamente anterior, como um parente mais velho, ao texto já estabelecido e reverenciado – posso oferecer, à leitura crítica, universos aparentemente escondidos ao olhar muitas vezes desatento da primeira leitura. Ao ler a alucinação de Emma Bovary ao mesmo tempo que a de Frédéric Moreau, à luz das alucinações presentes nos contos, mimetizo o processo de constituição da escritura, intertexto dela mesma. Assim, somente quando compreendi o que a psicanálise tem a dizer sobre a alucinação posso compreender o que Flaubert pensava a respeito, já que uma leitura que se situa na entrada do século XXI não pode desconsiderar o conhecimento produzido nesse intervalo de tempo. Analogamente, o leitor contemporâneo pode ler a obra flaubertiana à luz dela mesma, levando-se em consideração tanto os contornos que a própria produção adquiriu, como os contornos adquiridos pelo efeito que essa obra causou nesse intervalo de tempo superior a um século.

Entre os Roteiros e o Trabalho da Forma

Entenda-se por genética a leitura que preconizo e que tenta, de certa forma, restituir o percurso de redação dos manuscritos[47]. Uma vez que o *scriptor* flaubertiano trabalha de maneira que se convencionou chamar de linear[48], página por página, passagem por passagem, o estabelecimento de uma "ordem", que se pode substituir por "percurso", revela-se como uma necessidade escritural. Em outras palavras, a própria concepção da escritura para o *scriptor* flaubertiano passa por um ordenamento, o que pode levar a uma primeira contradição, já que Flaubert preten-

---

47. O leitor verá que este objetivo se mostra problemático.
48. Consenso entre os geneticistas flaubertianos.

dia escrever um romance sobre nada, e se vê, ao mesmo tempo, confrontado a questões que são da ordem da trama, do encadeamento da história a ser contada. O que a organização genética revela, daí um grande mérito, é que a ordem empregada na classificação dos manuscritos, pelos conservadores da biblioteca[49], estaria inserida em uma tradição filológica, cujo objetivo seria atribuir um estatuto de "obra", ou mais especificamente de livro, às montanhas de manuscritos "desorganizados", flagrantemente observado pelas luxuosas encadernações.

Não se pode deixar de tratar da leitura desses manuscritos, um embate permanente com o ordenamento, traduzido pelo que se convencionou chamar de foliotação, proposta pela já citada instituição de conservação, e que revela uma metodologia que visivelmente organizou os fólios em uma escala de quantidade de trabalho – e por trabalho entende-se rasuras – que os documentos apresentam, ou seja, uma ordem decrescente que vai dos mais rasurados aos mais "limpos". Isso levaria a concluir que, conforme o texto avança, as rasuras, que remetem a hesitações, vão ficando mais escassas, revelando um texto presumivelmente mais fluido e portanto mais próximo da versão ideal[50], publicada.

Contudo, basta maior familiaridade com a ortografia, apesar de todos os problemas de qualidade reprodutiva da fotocópia, ou mesmo de espacialização dos microfilmes, para uma leitura mais fluente dos manuscritos flaubertianos, e a percepção de uma certa lógica, ou mesmo operacionalidade da escritura.

Ainda assim, não iludirei o leitor menos experiente, pelo menos não ainda, já que o enorme volume do *corpus* flaubertiano inibe, na maioria das vezes, os pesquisadores de elaborarem relações entre os diversos momentos da obra, limitando os trabalhos a análises pontuais que priorizam a transcrição de uma ou outra passagem, ou ainda a análises temáticas desenvolvidas em uma obra específica. Em outras palavras, o recorte das aná-

---

49. Biblioteca Nacional da França.
50. O que justifica a conclusão de uma metodologia de cunho filológico.

lises torna-se essencial, e o leitor não dispõe de uma "teorização" geral acerca do processo criativo de Gustave Flaubert. Como visto anteriormente, abundam as descrições processuais, o que não seria exatamente a mesma coisa.

Cabe, ainda, salientar que a leitura do detalhe serviu para pensar, de forma mais geral, a respeito da metodologia a ser preconizada, uma vez que a delimitação do *corpus* resultou do longo exercício de leitura e transcrição do mesmo e do levantamento do desenvolvimento temático das alucinações na correspondência. Quanto a esta, é frequente que a crítica flaubertiana remeta à célebre carta que o escritor enviou a seu amigo e crítico literário Hýpolite Taine, na qual, a pedido do mesmo, tenta explicar como se operam suas alucinações, que ele dividiu entre artísticas e outras de caráter epiléptico. Por não constituir, aparentemente, um discurso narrativo, têm-se apontado os dados presentes na correspondência do escritor como material teórico, e, neste caso, como testemunho que se aproximaria de uma "verdade", de algo efetivamente experimentado.

Ora, não é a primeira vez, 1866, ou seja, 22 anos após sua inaugural crise epiléptica, que o escritor tenta descrever de maneira supostamente objetiva suas experiências supraescriturais. Até a data, Flaubert já havia narrado o fato a correspondentes mais íntimos, feito pesquisas teóricas para a redação de duas versões da *Tentação de Santo Antão*, além de já ter publicado *Madame Bovary* e *Salammbô*. É no mínimo curioso que a mesma imagem apareça anteriormente em *Madame Bovary*, o que leva a supor portanto que a imagem oferecida ao amigo crítico é tão construída, ou pelo menos reproduzida, quanto as que encontramos em sua ficção. Trata-se de uma imagem retroalimentada, ou seja que se alimenta da própria experiência escritural em uma lógica de permeabilidade com os demais discursos, e que tentarei relacionar com as cenas escolhidas e apresentadas abaixo.

Um dos objetivos seria, então, o de redirecionar o eixo de leitura, e portanto de interpretação, da alucinação na obra flaubertiana a partir das relações que sua construção poética desperta. Destaco, ainda sem maior desenvolvimento, que preconizo um recorte reduzido que engloba basicamente duas cenas, já que se percebe que a ocorrência do termo alucinação nem sempre desencadeia uma construção imagética detalhada.

No intuito de oferecer um percurso exaustivo ao leitor, pretendi esgotar as relações de retroalimentação de imagens no interior da própria correspondência do autor. A publicação da correspondência enviada pelo autor, com apenas algumas respostas selecionadas, realça as repetições de certas fórmulas empregadas; o que permite detectar o deslocamento de determinadas metáforas e outras imagens entre o texto da correspondência e os manuscritos de trabalho da mesma época. Assim, a leitura dos manuscritos de trabalho, como a dos planos e roteiros, será acompanhada, quando houver aproximações, de leitura paralela da correspondência contemporânea.

LA PIOCHE

A passagem escolhida encontra-se no primeiro parágrafo do fólio 453 do que se convencionou chamar cópia autógrafa[51], ou seja, a última cópia passada a limpo que o autor entrega ao copista:

> Permaneceu perdida em seu assombro e só tendo consciência de si mesma pelas batidas de suas artérias que ela julgava ouvir fluir como uma ensurdecedora música que nunca enchia o campo. O solo, sob seus pés, era mais mole do que uma onda e os seus sulcos pareciam-lhe imensas ondas escuras que rebentavam. *Todas as reminiscências, as ideias que havia em sua cabeça, escapavam-se ao mesmo tempo de uma só vez como os mil pedaços de um fogo de artifício.* Viu seu pai, o gabinete de Lhereux – seu quarto lá – uma outra paisagem, a loucura tomava conta dela; teve medo; e conseguiu controlar-se[52].

---

51. Conservada na Biblioteca de Rouen sob a cota G 221.
52. Grifo meu.

Trata-se, nesta versão, o mesmo trecho já citado como integrante da versão publicada. Como leitores de hoje, temos a vantagem da multiplicidade de documentos, e portanto de manipulação de tempos, o que permite estabelecer relações que o leitor contemporâneo à obra jamais imaginaria. Em carta a Louise Colet de 6 de Julho de 1852:

> Posso dizer algo a esse respeito, eu que ouvi, através de portas fechadas, falou em voz baixa gente que estava a trinta passos de distância; eu de quem se via, através da pele do ventre, remexer todas as vísceras e que por vezes senti, no período de um segundo, *um milhão de pensamentos, de imagens, de combinações de todo tipo que explodiam, no meu cérebro como todas as centelhas acesas de um fogo de artifício.* Mas são excelentes temas de conversa e que me comovem.[53].

Ou ainda, à mesma correspondente, a descrição das experiências alucinatórias decorrentes de sua doença nervosa, em 7/8 de julho de 1853:

> Minha doença dos nervos foi a espuma dessas pequenas facetas intelectuais. Cada ataque era uma espécie de hemorragia da enervação. Eram perdas seminais da faculdade pitoresca do cérebro, *cem mil imagens explodindo ao mesmo tempo, sob forma de fogos de artifício.* Havia um descolamento da alma com relação ao corpo, atroz (tenho a convicção de ter morrido várias vezes)[54].

Trechos como estes, apesar de ainda não serem exaustivos, levam a reflexões, a serem desenvolvidas, sobre os deslocamentos que podem ser percebidos entre os espaços escriturais – correspondência, roteiros e planos e manuscritos redacionais. Ou seja, a correspondência poderia ser vista como mais um espaço escritural que permite, até mesmo pela falta de compromisso

---

53. Para as citações da *Correspondência* utilizei a edição Conard e a de Bernard Masson, Gallimard-Fólio Classique, 1975 (1980, 1991 e 1998). Grifo meu.
54. Grifo meu.

literário que pressupõe, experimentações de ordem teórica ou mesmo poética, por meio, por exemplo, de metáforas repetidas no trabalho ficcional.

De volta à redação de *Madame Bovary*, ou ainda, antes de começar a redação propriamente dita da cena, parece que, no fólio 193v[55], há uma espécie de "cópia" de ideias e frases que já haviam sido anteriormente desenvolvidas nos planos e roteiros. Lê-se uma sugestão da cena a ser desenvolvida, caracterizada por uma escritura bastante telegráfica, frequente no procedimento flaubertiano:

> saída. alucinação gradual até a ideia do arsênico[56].

Apesar do caráter sucinto e quase que encriptado da frase, tem-se uma escolha léxica que não é sem interesse para prenúncios interpretativos. O que viria a ser uma alucinação gradual? Talvez faltem as explicações médicas, psiquiátricas, mas já remete a uma construção *in crescendo*, ou seja, pode-se pensar em uma alucinação por etapas. Ou, ainda, como em roteiro anterior, uma alucinação em cilindro, cilíndrica. Há, ao mesmo tempo, uma ideia visual e temporal da alucinação a ser construída. Ao retomar a cena que se lê na versão publicada, esta frase serviria de resumo, já que aponta para o descontrole emocional do personagem, a explosão de memória e os discos de fogo que giram no céu: a cena vai se apagando, com os discos que se derretem na neve, ao que segue a ideia do arsênico.

Ainda na escolha léxica, destaco o uso da preposição *até*, como se o veneno, e portanto o suicídio, fosse não apenas uma ideia, mas um lugar a ser alcançado. Parece, outra vez, uma tentativa de encontrar formas (escriturais) que deem conta, simultaneamente, de noções espaço-temporais e imagéticas.

Antes de me dedicar especificamente ao desenvolvimento redacional da cena, em suas várias versões de rascunhos, farei

---

55. Ao longo das transcrições emprego < > para acréscimos e { } para rasuras.
56. Todas as transcrições são minhas.

uma pausa que remete a outro tipo de motivação das alucinações. O leitor, que bem conhece a trajetória criada para Emma Bovary, sabe que esta representa, entre outros, o fracasso do romantismo diante da nova dinâmica que se estabelece entre a literatura e importantes mudanças sociais na França da segunda metade do século XIX[57]. Dentre suas atividades destaca-se a leitura de romances que, na economia narrativa, justifica seus delírios, sua imaginação exacerbada, sua inadequação. O personagem só reconhece no mundo o que já foi lido, e que ela acredita ter sido experimentado. Apesar dessa atividade ter sido rotulada de "bovarismo" que consistiria em uma atualização do "quixotismo", reconhece-se nela uma estrutura que se repete em outros momentos da obra flaubertiana e que caracterizaria uma recepção problemática. O leitor romântico, mais do que o próprio romantismo, não poderia se configurar como ideal. Aproximo, rapidamente, uma anotação encontrada nos manuscritos de *Bouvard e Pécuchet* e um trecho em desenvolvimento nos manuscritos da *Educação Sentimental* que, aparentemente, nada têm a ver com nossa escolha.

> Ele {leu-lhe as} <começou pelas> mil e uma noites [{Dom Quixote Attala}] <{Colembar, Hernani}>...
> as escadas. Mas a escuta de Macbeth {lida} – na simples tradução de Letourneur <{causou-lhe tamanha impressão}> <emocionou-a tão profundamente> que ela acordou {ava}
> <sobressaltada> no meio da noite <{seguinte}>. {alucinada} – roçando a mão <e gritando> "a mancha, a mancha"...[58]

Frédéric, depois de voltar à casa de sua mãe, estabelece laços de amizade com sua vizinha, ainda criança. No trecho recém transcrito, lê-se uma das atividades que faziam juntos, a saber, ele lia-lhe, em voz alta, os livros que julgava essenciais

---

57. Cf. Antoine Compagnon, *La Troisième République des Lettres*, Paris, Seuil, 1983.
58. Fólio 8v, cota NAF 17602.

para uma boa formação; livros estes que coincidem com os que Flaubert considera, em sua correspondência, como referenciais. Curiosa é a reação da menina, que alucina e acredita ser Lady Macbeth. O outro trecho escolhido remete à formação dos copistas em *Bouvard e Pécuchet*:

> Quando estudam a hist. avaliam tudo do ponto de vista da informação
> ------------ a literatura do ponto de vista da Arte.
> [...]
> Ainda não possuem a febre da leitura. esta só lhes chega com os Rom.
> *então vivem em uma espécie de alucinação.*
> *em um mundo à parte*[59].

Trata-se, claramente, de uma espécie de teoria da recepção bastante particular, que não poderia se restringir unicamente ao leitor romântico, como se acreditou para Emma Bovary. Este tipo de recepção tenta delinear o leitor ideal de Flaubert escritor, já que ele pretendia alcançar uma literatura que "fizesse sonhar". Assim, o leitor romântico que anseia vivenciar as aventuras e os amores lidos seria inapropriado, assim como o foram os leitores realistas, ao tomar o lido como reprodução fiel de uma suposta observação ficcional da realidade. Mas se o leitor da época, e talvez mais especialmente o leitor contemporâneo, não conseguem reconhecer-se, talvez deva-se observar essa teoria de outra forma: do ponto de vista da criação. Os trechos recém-lidos colocam o leitor, principalmente por terem sido extraídos de um espaço de criação, diante de uma das questões literárias da época: transportar o leitor, pela escritura, a outros tempos e espaços. Assim, ao reler os trechos, percebe-se uma espécie de mimetismo dos procedimentos que regem a escritura flaubertiana, e que se desvendam ao leitor contemporâneo através, e talvez mais explicitamente, dos elementos empregados na construção das metáforas que quali-

---

59. Fólio 53, cota gg10 (Biblioteca de Rouen).

ficam a atividade alucinatória. Desse modo permito-me ver, na criação literária flaubertiana, uma tentativa permanente de construção de imagens.

Voltando à redação da cena apresentada acima, escolhi o fólio 163. Destaco aqui a aparente incongruência na sequência dos fólios a seguir, mais um exemplo da leitura preconizada pelos conservadores do acervo – desta vez da Biblioteca Municipal de Rouen. Decidi empregar a ordem genética estabelecida por Durel[60], em sua classificação do *corpus* redacional de *Madame Bovary*, por ser bastante exaustiva e oferecer correspondência cena por cena, página por página, instrumento precioso para o pesquisador de tão volumoso *corpus*.

Neste fólio, a cena escolhida aparece na margem, o que significa que será inserida no corpo de texto em um momento posterior, provavelmente na versão seguinte:

ela sai
mov. que a
leva até a ideia do veneno

Lê-se a insistência da noção de movimento com ponto de chegada, evidenciado pela escolha de dois vocábulos: "movimento" e "leva". Desta vez o ponto de chegada foi desenvolvido: uma ideia. Parece, no entanto, uma ideia a ser desvendada pelo personagem e, portanto, a ser desenvolvida pelo narrador. Faço uma pequena pausa e retomo um plano pontual, fólio 12v da cota gg9:

Rodolphe. transa com ela (sem preparação para o leitor nem para ela)

---

60. Marie Durel, *Classement et analyse des brouillons de Madame Bovary de Gustave Flaubert*. Thèse – docteur de l'Université de Rouen présentée et soutenue le 22 janvier 2000 sous la direction de M. Yvan Leclerc. Esse trabalho teve como resultado uma grande empreitada de transcrição total dos manuscritos da obra na internet, disponíveis no site da Universidade de Rouen.

O leitor está, aparentemente, diante de uma procura do foco narrativo ideal para a cena. O objetivo narrativo a ser atingido já parece definido e resta saber como alcançá-lo[61]. Se der outro salto, já que a leitura da versão publicada tira a inocência de uma primeira e impossível leitura estritamente cronológica dos rascunhos, e lembrar da cena alucinatória já desenvolvida, poderia pensar que tal escolha de palavras encerra um movimento muito preciso de prefiguração de uma verdade contida na alucinação, desconhecida pelo próprio personagem. Neste momento, a pergunta é deslocada para outra questão, a de um eventual deslindamento que permite que o personagem aceda a uma verdade profunda, e cuja única continuação, ou solução, possível é a morte – retomo o personagem Félicité em "Un Cœur simple", que atinge a plenitude através de uma visão mística durante seu último suspiro de vida.

No fólio seguinte, um dado interessantíssimo flagra a atividade escritural e revela grande parte do significado que as cenas alucinatórias têm, tanto para a configuração da narrativa como para a configuração do próprio narrador, que dominará o discurso nessa etapa do romance.

continuação do movimento que a leva (passando pela alucinação) até a ideia do veneno[62].

A presença dos parênteses parece capital, já que conferem, de certa forma, um estatuto de mecanismo à alucinação em desenvolvimento. Em outras palavras, tem-se um lembrete ou uma espécie de didascália metaescritural, de que o movimento esboçado, que levará o personagem à ideia do suicídio por envenenamento, deve ser construído através da alucinação. Outro dado marcante desta curta sentença é, sem dúvida, a carga conferida à alucinação pelo artigo definido – a alucinação – reme-

---

61. Retomo especificamente o trabalho sobre o foco narrativo de Gérard Genette em *Figures III*, Paris, Seuil, 1972, no qual desenvolve a ideia de que o narrador flaubertiano tende a uma focalização múltipla e migratória.
62. Fólio 184, cota G223 8.

tendo a um elemento conhecido, já configurado, que bastaria introduzir. Mais do que uma voz interior exteriorizada, é como uma encenação da criação literária, cujos diversos elementos corresponderiam aos personagens.

O leitor poderá encontrar, nos manuscritos preparatórios de *Bouvard e Pécuchet*, mais um indício da familiaridade que o *scriptor* parece ter com o termo, e com a estrutura "alucinação":

<ao longe> {ao longe} sob outros nomes, {ileg}, o mesmo padre o mesmo reitor, o mesmo delegado. todos até o ministro <formavam> {formavam} {eram}

{os elos da cadeia} <{ileg}> – uma hierarquia de Déspotas, um amontoado <pois ileg>

<ileg> de escravidões. ele já havia recebido um aviso {o} poderia vir depois? e em uma espécie de alucinação, ele se viu <caminhar> {ao redor} de uma grande estrada[63]

Percebe-se bem claramente que a fórmula *dans une sorte d'hallucination*, "em uma espécie de alucinação", parece estar configurada como uma estrutura, que já não sofre modificações, como se fosse uma expressão idiomática desencadeada por determinadas situações narrativas. Tais indícios levam a repensar as teorias de Willemart sobre as instâncias escriturais em relação com uma possível "memória" do texto, que parece se configurar mais precisamente como "memória escritural". Apesar da questão das instâncias parecer um tanto obscura, dadas as dificuldades que implica para a apreensão das relações com o sujeito da escritura, a questão da configuração de uma memória escritural parece-me bastante relevante. Entretanto, da forma como leio este recorte, poderia supor que a memória escritural poderia ser pensada sob dois aspectos. O primeiro deles seria uma memória exclusivamente escritural e resultante da repetição de estruturas: "A repetição faz a forma", previne Valéry. Percebe-se que essa repetição, em Flaubert, não se dá

---

63. Fólio 278, cota Mss g 2252.

exclusivamente pelo uso de fórmulas e discursos preexistentes, mas visando seu esvaziamento. Por outro lado, tem-se a repetição de detalhes no interior da própria obra, que obriga o leitor a tecer uma rede interna de relações.

A suspeita de parágrafos antes vê-se amplamente confirmada no fólio 188v de *Madame Bovary*, que apresenta uma preparação dos momentos anteriores à metáfora conhecida:

> ela só ouvia a pulsação de suas artérias
> sinfonia interna – ela não mais se distinguia da natureza
> sente escapar a cabeça. tudo escapa – {ela} não tem mais nada –
>   Não se lembra mais do dinheiro. só tem o sentimento
> de seu amor – alucinação – a neve, sóis negros

Destaco, primeiramente, as relações estabelecidas entre uma espécie de disfunção biológica, caracterizada pela aceleração dos batimentos cardíacos, e o desencadeamento da disfunção da memória. Pode-se ler uma imagem semelhante, mais um momento no qual se observam deslocamentos, em *A Educação Sentimental*:

> eles partiam pelas pradarias, cobertas pela metade, <durante> o inverno, pelas
> inundações do rio Sena*. As fileiras de plátanos dividem-nas, cá e lá uma
> pequena ponte surge *ele caminha até a noite <a madrugada>, aspirando a bruma <o nevoeiro>,
> saltando as {fossas} <poças d'água>, {gozando da solidão e do movimento}; e à medida
> que suas artérias batiam mais forte, {ideias extravagantes} <{veleidades de ação}> transportavam-no
> ele queria <imaginava> tornar-se caçador na América, servir um {rei qualquer} <pacha no>
> {nas Índias} <no Oriente>, embarcar como marinhero. Depois sua imaginação
> recaía sobre Paris. ../.../[64]

---

64. Fólio 8, cota NAF 17602.

Ou ainda, este outro momento do mesmo romance, cuja estrutura se revela em muito semelhante aos momentos de descrição sensorial que antecedem a alucinação de Emma:

Frédéric foi do Estaminet à casa dos Arnoux*, sem {sentir a terra sob os
pés sem {ver} <{nada}> <{nada ver do}> {o caminho} *como se *levantado* por um vento quente

margem:
aspecto extraordinário

e com a {facilidade} {extraordinária} <a facilidade> {extraordinária}> <sobre-humana> que se experimenta nos sonhos, ele se
viu de repente {nos} <em um> terceiro andar {a um passo} de uma porta[65]

O leitor percebe, facilmente, que existem relações estreitas entre um desenvolvimento teórico sobre as condições que permitem a entrada no universo alucinatório, ou mesmo onírico, e as experiências puramente sensoriais. Outro detalhe estrutural que se desloca sistematicamente é, sem dúvida, a articulação descritiva que relaciona a experiência sensorial com a apreensão temporal, mas que também se observa no seguinte momento dos rascunhos de *Madame Bovary*:

[...] então levado
pelas lembranças como em uma torrente <cheia de espuma> {que ferve}
ela conseguiu lembrar-se do dia de ontem [...][66]

Isolado por linhas horizontais, está uma espécie de roteiro do que deve ser incluído na preparação da cena. Curiosamente, percebe-se que a alucinação vem sempre como uma etiqueta, enquanto que a imagem construída depois, e não menos alucinató-

---

65. Fólio 2v, cota NAF 17601.
66. Fólio 159 v.

ria, é preparada (sóis negros). Logo em seguida, o roteiro começa a ser desenvolvido e, quando surgem os fogos de artifício:

> {que} os campos, as núvens, o espaço invadiam-na
> que ela se perdia neles, se difundia neles, {que} <e> ela
> se dispersaria como uma poeira <como um *vapor A*>. ela sentiu
> sua alma escapar-lhe – e como acontece nas
> grandes <angústias> extremidades, com as pessoas que quase pereceram nos
> naufrágios – tudo o que nela havia, de lembranças, de ideias
> de imagens, de combinações, tudo partiu ao mesmo tempo, escapou
> de maneira furiosa e geral numa queima
> instantânea como as mil
> peças de um fogo de artifício[67]

Destaco que, em nenhum momento, a metáfora empregada é retomada ou modificada, sendo também lida na margem do fólio 71 da *Educação Sentimental*:

> brotaram de sua memória
> <ao mesmo tempo> como as <mil> peças de um
> fogo de artifício Café Gascard [...]

Trecho que vem substituir a versão anterior:

> todos os nomes de cafés explodiram em sua cabeça, Café Gascard [...]

Apesar do objetivo da metáfora ser aqui diferente, caracterizada como um esforço da memória que se vê recompensado, seu uso denota uma fórmula conhecida do *scriptor*, que poderia ser chamada de familiar. Tal repetição provoca vários questionamentos, dentre eles o de uma escritura que seria permeável o bastante para migrar do registro íntimo da correspondência para a construção narrativo-ficcional. Ou ainda, o de uma escritura que se retroalimentaria, construindo uma espécie de acervo da

67. Fólio 188v.

obra em redação. Ou mesmo o da existência de uma memória escritural na qual estariam, de certa forma, reproduzidos os mecanismos associativos desencadeados pelo emprego de certos termos que adquiririam a função de palavras-chave.

Em outros dois fólios a cena passa por um processo de desenvolvimento caracterizado pela inserção de detalhes, uma dilatação, mas que em nada afeta a metáfora para a qual chamo atenção: os fogos de artifício. Entre as vírgulas, as acumulações proliferam, a quantidade e a variedade de cenas relembradas nessa "explosão" aumenta na mesma velocidade em que são suprimidos os detalhes, talvez considerados inúteis na economia da cena, ou as assonâncias, detestadas após uma primeira leitura. O fato é que no fólio 194v, a disfunção da memória que irrompe adquire uma função:

ela {esforçou-se para se recompor e conseguir lembrar-se} <e por força de vontade acabou se recompondo em sua situação> ela havia esquecido o dinheiro
    O sentimento de uma horrível injustiça de uma traição <de uma derrota>
    sem se dar conta do dinheiro, e tampouco do ódio. <sua alma> inteira sua força partia <por esse sentimento> como o sangue escapa de uma ferida <lentamente> <e porporcionalmente a essa fraqueza Rodolphe> ressurgiu – claramente. a
    discos sóis <de cetim> – neles a figura de R. giravam
    chegada em Yonville. – noite as lareiras – lembrança da situação. revigora (ideia) corre à casa de Homais

Fica claro, neste ponto do desenvolvimento, que o mecanismo alucinatório atribuído ao personagem é desencadeado por uma experiência exclusivamente sensorial, relacionada a uma disfunção fisiológica, a um sintoma, em resposta ao desespero de ver seu último recurso fracassar. Essa irrupção alucinada da memória, através de um desfile de imagens que se confundem e confundem o tempo e o espaço narrativos, permitem que o personagem retorne à realidade, não sem antes outra confusão imagética que revela, para ambos o leitor e o personagem, o culpado, à guisa de bode expiatório da situação.

Ao contrário do que se percebe na utilização da metáfora dos fogos de artifício, a imagem alucinatória seguinte é construída passo a passo, de acordo com o que se convencionou como sendo o *modus operandi* flaubertiano. A saber: a primeira imagem sintética, já presente em um roteiro ou plano geral, aparece na margem, no ponto da narrativa no qual será provavelmente introduzida, para integrar, em cópias e redações, o corpo do texto. É o que se encontra na margem do fólio 245v:

> primeiro centelhas e
> suspensos {no ar} <ileg> eles
> explodem como
> bolas fulminantes
> achatando/avam-se[68]
> e giravam, giravam
> {com} para fundirem-se
> sobre a neve que {estava} ficava
> <ileg> entre os grossos troncos
> <das árvores> {sobre a neve}

Como é frequente neste momento da redação, nota-se indecisão acerca do uso dos tempos verbais "en", que pediria em francês o gerúndio do verbo, "en s'applatissant", e o imperfeito -*aient*, além de uma certa reticência quanto à entrada definitiva no registro poético, a linguagem metaescritural para o posterior desenvolvimento, "primeiro centelhas", e a repetição, claramente poética, de "giravam".

Essa imagem é desenvolvida na margem de um parágrafo que se inicia por "alucinações de seus nervos emocionados". Vale destacar que, apesar da alucinação anterior, o desenvolvimento da cena é alterado. Assim, a irrupção alucinada da memória, que deveria bastar para que o personagem se relem-

---

68. "en s'applatissaient". Aqui a fórmula inicial sugere o gerúndio em francês, mas vê-se o lapso com o verbo terminado na forma do pretérito imperfeito.

brasse de seu estado, parece insuficiente. Este fólio retoma a cena para alterá-la, ao invés de simplesmente reproduzir o fólio anterior devidamente corrigido para proporcionar o desenvolvimento dos detalhes: a personagem, à qual se atribui um marcado descontrole nervoso, ainda não se lembrava de sua situação. Porém, caso o leitor tampouco se lembrasse do verdadeiro problema, o narrador informa:

{Pois} <Mas> ela não se lembrava
da causa de seu {horrível} estado, a (2) questão de dinheiro (1) quer dizer.

Essa alteração de ordem parece permitir que o narrador retome o foco narrativo, restabelecendo o diálogo com o leitor através do emprego de "quer dizer".

Curiosamente, na versão seguinte, fólio 255v, essa intervenção explícita do narrador é eliminada, confirmando-nos que o narrador flaubertiano não subestima seu leitor, voltando a pairar na narrativa:

<{de uma forma confusa}> <{imperfeitamente}> <confusa é verdade pois> ela {não} se lembrava <absolutamente> da causa de seu <horrível> estado. {quer dizer
a questão de dinheiro }. – ela sofria exclusivamente de seu amor

O posicionamento do narrador, que paira ao invés de irromper, torna-se muito mais sutil, apontado apenas por "pois", "quer dizer" ou "exclusivamente", dando ao leitor uma ideia de um desenvolvimento que se sustenta por si só, sem necessidade de uma focalização que obrigue o narrador a operar uma quebra temporal para assumir a primeira pessoa mais explicativa, procedimento que acaba configurando, *a posteriori*, o discurso indireto livre, no qual o narrador consegue, através de momentos descritivos, se misturar ao personagem.

Nos fólios seguintes, a segunda alucinação do personagem será detalhada, adquirindo contornos de "revelação" da verdade que estava até então oculta para o personagem, e que não se resumia apenas à questão de dinheiro. O personagem alucina a imagem de seu primeiro amante, aquele que havia desencadeado todos os outros, o círculo finalmente se fecha e o culpado surge em toda a sua maldade, "com um atroz riso de escárnio", que será mais uma vez mascarada e modificada, atravessando o corpo de Emma como fantasmas.

Na versão seguinte acompanha-se a introdução dos elementos da margem, e seu respectivo desenvolvimento, no corpo do texto. Note-se a busca gradual por detalhes a serem inseridos na dinâmica da escritura, ao que muitos críticos se referem como "dilatação":

{Por uma alucinação de seus nervos emocionados,}
pareceu-lhe {de repente} ver <dançar no horizonte> {no ar}, <glóbulos> {sóis de cor}
<cor de púrpura> {purpúreo}. [{e ileg primeiro suspender-se}] explodiam
<no ar> como bolas [ou balas] fulminantes que se achatavam, e giravam
<giravam> {com fúria}, para irem <{mais adiante}> se derreter sobre a neve* {que iam}
{ainda cá e lá} *entre os {grossos} troncos das árvores.
<{Logo}> {e} <{e}> no centro de cada um deles, a figura de Rodolphe
aparecia. <{Logo}> – aumentaram, <{eles}> multiplicavam-se <{eles}> {derreter-se}
{ela estava rodeada por eles} {– eles penetravam-na}. *não era uma fantasma. <havia> {Mas} mil – e <que> {todos} olhavam-na
<rolando os olhos como com> {aproximavam-se}.... {havia} {uma} uma expressão <dissimulada?> {terrível}
{e ameaçadora} – e {ainda que ela} <ali> calassem a boca
<*ela ouvia-o*> {fechada eles falavam.} {Ligo} tudo <desapareceu> {de uma só vez} como uma
uma {multidão} de tochas <{acesas}> sob uma ventania – e
fez-se noite completa. em torno dela.

Percebe-se a riqueza dos manuscritos, nos quais a escritura parece se configurar a partir de uma sistematização muito particular, intimamente ligada à topografia da página. A margem, associada ao uso de certos tempos verbais, não permite um desenvolvimento apropriado, requerendo notas condensadas. Porém, ao contrário do leitor acadêmico, de herança montaigniana, não condensa um conteúdo que acaba de ser lido, mas prefigurando o *scriptor* perequiano condensa o que está por vir – igualmente observado no uso dos trechos sublinhados, que serão mais detalhadamente desenvolvidos em versões posteriores. A entrada no território do texto dá-se pela invasão da superfície retangular prevista e previamente destinada ao desenvolvimento, e que permite que o *scriptor*, antes estritamente centralizador, prefigurativo ou mesmo condensador, se libere, se deixe levar pela escritura, sem temer as rasuras, os deslocamentos, ou ainda as incongruências. O corpo do texto torna-se, então, um espaço de associações, que somente o encadeamento, ainda que linear no século XIX, de palavras pode produzir.

Chamo a atenção do leitor para a presença, quase que simultaneamente descartada, da palavra alucinação. Já na versão anterior, esse item, que pretende justificar a falta de "efeito de real" da imagem que segue, surge como um adendo, em seguida incorporado, na versão recém apresentada, ao espaço de desenvolvimento. Contudo, é imediatamente suprimido, restando apenas a segunda parte da construção: pareceu-lhe. A justificativa, uma alucinação que seria decorrente de uma disfunção nervosa, beirando a histeria tão em voga na época, desaparece, mas não sem deixar traços.

A retomada da preparação da cena aponta que o personagem havia sido colocado em um estado de total alteração dos sentidos, metaforizado pela suposta experiência sensorial: a sensação de leveza, o chão como ondas, a ferida que sangra. Uma nova justificativa para a imagem que está sendo construída seria, no mínimo, redundante, além de excluir uma possível identificação entre o leitor e o personagem.

Conclui-se, então, que a supressão de um dado conceitualmente controverso, principalmente em uma época em que tais manifestações eram bastante associadas a disfunções, ou mesmo um estranhamento ou recusa do termo, estabelece um pacto de leitura no qual o leitor pode se identificar com maior facilidade à situação do personagem, já que nela ficam apenas "quadros", construções visuais e descrições sensoriais.

Observa-se o mesmo procedimento na versão seguinte, quando da exclusão do quadro físico do personagem logo após a alucinação:

{então Ela começou a bater os dentes como
se tivesse visto algo insuportável <o sentimento claro e inteiro> Sua situação
retornou a ela. clara, precisa...}[69]

Essa imagem, da mulher descontrolada que treme ao constatar que viu diante de si algo insuportável, e que no entanto não passou de alucinação, remete incontestavelmente aos retratos feitos pelo dr. Charcot das histéricas internadas na Salpêtrière, que se retorcem, tremem, suam. Tais características acabariam por reduzir o personagem a uma simples qualificação: histérica. No entanto, o objetivo neste trecho não parece ir nesse sentido, já que a decisão que se segue à alucinação deve ser apresentada como um ato de lucidez, talvez o único, de verdade íntima do personagem.

As outras versões disponíveis, consideradas posteriores, não apresentam elementos diferentes, mas observa-se a reordenação de elementos na frase e a cuidadosa, e já muito explorada pela crítica, escolha de palavras. Em suma, a cena, a esta altura, está plenamente configurada e o exercício poético não se vê mais constrangido por qualquer necessidade funcional da narrativa.

---

69. Fólio 195v, trecho isolado por traços horizontais e verticais e em seguida riscado, com um X, nitidamente excluído do desenvolvimento da cena como mostra a p. 132.

Aproximo, agora, a já citada cena da *Educação Sentimental,* que inaugura a segunda parte. O protagonista, Frédéric Moreau, volta a Paris depois de ter recebido uma herança e procura seu amigo Régimbart pela cidade para informar-se acerca do paradeiro do casal Arnoux. Depois de tê-lo esperado, sem qualquer sucesso, em um café que costumavam frequentar, o personagem encontra-se na rua, tentando lembrar-se de outros cafés onde pudesse encontrar o Cidadão[70]. É nesse momento que o leitor se depara com uma comparação idêntica à utilizada em *Madame Bovary*: as mil peças de um fogo de artifício.

> todos os nomes dos cafés que ele havia ouvido {dizer} <pronunciar> {pelo cidadão} <{por Regimbart}>, brotaram de sua memória <{ao mesmo tempo}> como as mil peças
> de um fogo de artifício, {ao mesmo tempo}: Café {Gascard}...

Curiosamente, o que se lê neste fólio 74 permanece inalterado no fólio seguinte, 73. A comparação parece já estar pronta antecipadamente, já que não é encontrada em nenhuma margem de versões anteriores, integrando diretamente o corpo do texto. A única dúvida parece repousar sobre o lugar que deve ocupar a locução *ao mesmo tempo*.

Chamam atenção dois detalhes que marcam o desencadeamento dessa explosão de memória: "quase como um Deus" e "resolvido a extraí-lo do fundo dos porões mais profundos", o que nos leva a um questionamento não só da repetição de uma fórmula, mas também da repetição das condições narrativas para seu desencadeamento. Em outras palavras, a necessidade do estabelecimento de um vazio, "porões profundos", e de forças superiores "como um Deus", para a eclosão da memória, além do uso repetido, e sem a mínima alteração, da fórmula. Pode-se relacionar esse mesmo tipo de construção com a voz de Iaokannan, que Herodes Antipas extrai, em uma alucinação

---

70. *Le Citoyen*, como Frédéric chamava Régimbart.

auditiva, do fundo das prisões subterrâneas. Talvez seja uma espécie de formulação teórica a respeito do funcionamento da memória, uma das explicações possíveis.

Contudo, a leitura de "como um Deus", que faz eclodir pensamentos em imagens e depois as verbaliza, nos faz pensar em um dos mitos da criação literária que vigorou até o romantismo: a criação *ex nihilo*, uma criação divina, inspirada. Paralelamente, a comparação com os porões distantes e profundos remete a fatores internos latentes e propositadamente irrecuperáveis, uma espécie de consciência da existência do que mais tarde Freud chamaria de inconsciente (e que num primeiro momento foi desenvolvido através de um conceito de memória). Neste caso, a repetição da cena poderia remeter a uma teoria da criação literária propriamente dita.

Mobiliando o Pensamento

Dando continuidade à leitura dos manuscritos, para assim justificar minhas escolhas, apresento outra passagem ainda na *Educação Sentimental*, na qual o termo "alucinação" vem conjugado a uma construção de imagens sucessivas; em outras palavras, um trecho no qual o termo vem seguido de seu desenvolvimento. Destaco esta característica porque não é o que se costuma observar. Em *Madame Bovary*, por exemplo, no final da narrativa, Charles Bovary tem alucinações: pedia que a criada se vestisse com as roupas de Emma e acreditava vê-la. Contudo, o termo vem sem qualquer desenvolvimento, a saber, uma construção imagética detalhada, o que talvez se deva a uma diferença de focalização, já que escolhemos aqui trechos nos quais a focalização é móvel, o narrador dá a voz ao personagem através do discurso indireto livre. Lê-se, então, o trecho, em que Frédéric Moreau recebe a carta com a notícia de sua herança e alucina, "mobiliando" sua futura situação material e estabelecendo uma tensão prospectiva:

Um dia, a 12 de dezembro de 1845, pelas nove horas da manhã, a cozinheira levou-lhe uma carta ao quarto. O endereço, escrito com letras grandes, era de mão desconhecida; e Frédéric sonolento não se apressou em abri-la. Afinal, leu:

"Cartório de Paz do Havre, III distrito.

"Prezado Senhor,

"*O Sr. Moreau, seu tio, tendo falecido ab intestat...*"

Herdava!

Como se um incêndio rompesse atrás da parede, saltou da cama, descalço, em camisola: passou a mão pelo rosto, duvidando dos próprios olhos, pensando que ainda sonhava, e, para retomar pé na realidade escancarou a janela.

Tinha nevado; os telhados brancos; e reconheceu no pátio uma tina em que topara na noite anterior.

Releu a carta três vezes em seguida, nada mais exato! a fortuna inteira do tio! Vinte e sete mil francos de renda! Sentiu-se transtornado por uma alegria frenética, com a ideia de tornar a ver a Sra. Arnoux. Com a nitidez de uma alucinação, viu-se em casa dela ao seu lado, levando-lhe um presente embrulhado em papel de seda, enquanto à porta ficaria à espera o seu tílburi, ou antes, um cupê! Um cupê preto, com um criado em libré escura: ouvia o patear do cavalo e o ruído da barbela confundindo-se com o sussurro dos seus beijos. Era isso todos os dias, indefinidamente. Havia de recebê-los em sua casa; a sala de jantar forrada de couro vermelho, o *boudoir* de seda amarela, divãs por toda parte! e que aparadores! que vasos de porcelana da China! que tapete! As imagens vinham-lhe aos borbotões, deixando-o meio atordoado. Só então, lembrou-se da mãe; e desceu com a carta na mão[71].

Separo, para fins didáticos, a construção da cena em dois momentos: os planos e roteiros[72], manuscritos encadernados em um mesmo volume, e os rascunhos ou manuscritos de redação continuada. Esses planos e roteiros caracterizam-se, como visto, pelo uso frequente dos tempos presentes, instruções metaescriturais de como desenvolver a cena, indicações

---

71. *Œuvres complètes*, Gallimard, pp. 129-130, t. 2.
72. Cota NAF 17611.

resumidas do que se pretende desenvolver. Contudo, não excluem passagens, orações ou expressões que serão encontradas praticamente inalteradas ao longo do desenvolvimento, ou redação propriamente dita, até a versão passada a limpo para o copista. Assim, no que penso ser o primeiro projeto da cena, a alucinação não está nomeada e foi colocada na margem do fólio 75, o que indica que será incluída em corpo de texto para desenvolvimento nas versões seguintes.

De repente <(no final do 3º ano)> herda do tio do Havre. 18 mil fr. de renda
em margem: <movimento de> alegria. <desordenada> Mobília-se com ideias – parte para Paris.

Destaco a questão da ordem, a importância que parece ter o ordenamento das sensações, da reflexão sobre as mesmas. Por outro lado, o estabelecimento de uma ordem implica um enquadramento espaço-temporal, diria até que implica uma descrição, que pode ser vista como uma das questões principais que rodeiam o tema da alucinação flaubertiana. Outro detalhe importante é a escolha do verbo *mobiliar* para as ideias, que pode denotar uma tentativa de organizar esse conjunto de percepções que acaba de ser invadido por uma instabilidade. Certamente, a tentativa de organizar parece estar acompanhada de outro sentido ao qual o mesmo verbo mobiliar remete: o de preenchimento de um espaço vazio. Evoco, durante a leitura dos manuscritos de *Madame Bovary*, a presença de um vazio que antecede essas irrupções alucinadas. Penso especificamente nas relações tradicionais entre estabilidade e instabilidade na construção dos contos maravilhosos. Ou seja, estabelecer um vazio para em seguida quebrá-lo pode ser mais um recurso narrativo que permite, simultaneamente, desenvolver uma questão cara à literatura do século XIX: os estados psíquicos.

No fólio 13, lê-se o mesmo trecho retrabalhado:

De repente<fevereiro {46}> <dezembro 45 carta do secretário do juiz de paz do Havre> ele herda do tio do Havre. 18 mil libras de renda., alegria frenética. <pensa em Sra. Arnoux imediatamente> – mobília-se de ideias. {escreve imediatamente a um alfaiate célebre} <escreve a um alfaiate célebre>.

Percebe-se a introdução de um dado importante que, pela ordem, condicionará esse desencadeamento alucinatório: "pensa em Sra. Arnoux imediatamente". Trata-se de um acréscimo, mas que introduz um tempo e um espaço diferentes. O personagem, que acaba de receber uma herança, ao invés de imaginar-se diretamente em uma cena futura, evoca seu passado, através da imagem de sua amada, integrando-o ao presente, pelo uso do advérbio "imediatamente". Espaço diferente, porque o leitor sabe que Madame Arnoux vive em Paris, o que constrói uma tríade passado-Paris-futuro. Interessa, portanto, atentar para a escolha dos tempos verbais que serão empregados no desenvolvimento pontual da cena.

No fólio 14vº aparecem elementos decisivos para o desencadeamento da alucinação:

De repente <em dezembro> carta do juiz de paz do Havre. Sr. Alexandre Moreau falecido *ab intestat*

tendo sabido que é seu único herdeiro etc. <{achei}> é meu dever preveni-lo"> – movimento de alegria frenética. Imediatamente

Pensa que {irá revê-la}<retornará ao seu lado>. logo vê {sob o maravilhamento} <claramente o mobiliário> que dará a si mesmo – escreve imediatamente a

um alfaiate {para encomendar belos trajes} "faça-me um traje azul. 6 coletes etc. <tílburi etc. sua cabeça trota>

Primeiramente, destaco a indecisão entre o futuro simples ou próximo para o verbo rever, o que coloca Madame Arnoux entre o passado e o futuro. Em seguida, destaco a passagem imediatamente rasurada "sob o maravilhamento", que suporia uma atitude passiva para o personagem, que antes mobiliaria suas ideias. Já o ato de mobiliar, para compor um quadro no caso futuro, desaparece, ficando apenas presente na palavra mobiliário, de forma estritamente material. Aponto também a interessante escolha do futuro próximo, que denota uma atitude extremamente ativa, por se tratar de um tempo verbal usado para indicar um futuro que é dado como certo, bastando executá-lo. Finalmente o maravilhamento retorna, de certa forma, no movimento de confusão expressado por "sua cabeça trota"; mas note-se a manutenção da voz ativa.

No fólio 16 v estamos diante de uma aparente escolha de tempo verbal para a cena:

– logo vê claramente o mobiliário que dará a si mesmo <baús – laços de seda> tílburi, etc, sua cabeça roda

Tem-se o uso do futuro simples, mais de acordo com uma projeção temporal fluida, que ainda não se configura conscientemente como projeto a ser executado. Paralelamente, observa-se que o verbo mobiliar vai ganhando detalhes que remetem exclusivamente aos acessórios materiais, à decoração do futuro que está sendo prefigurado por meio do personagem. Aponto ainda o curioso emprego do verbo "trotar"[73] para indicar a revolução pela qual os pensamentos do personagem passavam. Esse verbo acaba conferindo um curioso caráter de independência às ideias alucinatórias de Frédéric, como se estivéssemos diante de um desfile de cavalaria cuja guarda seria representada por "ideias montadas", trotando na cabeça do personagem. A imagem é bastante rabelaisiana, se nos lembrarmos dos passeios do personagem Pantagruel pela língua.

Inicio a leitura dos rascunhos[74], nos quais serão desenvolvidos os elementos enumerados nos roteiros, ou mais detalha-

---

73. Agradeço a Philippe Willemant por chamar atenção para o fato, sem o que não teria desenvolvido esta imagem nem tampouco a importante correspondência com Rabelais, indispensável referência flaubertiana.
74. Cota da Biblioteca Nacional: NAF 17602, tomo que compreende os rascunhos do capítulo 5 da 1ª parte e o início da 2ª parte.

damente esboçados nos planos. Ao longo de quatro versões há apenas a preparação do episódio que descreve a rotina de Frédéric depois do retorno à casa materna, seu fracasso profissional, sua relação infantil com a pequena Roque, sua vizinha. Nessas versões, fólios 42, 43, 44 e 45, o episódio da comunicação da herança começa a ser desenvolvido no último parágrafo, focalizando especialmente a data, a descrição do envelope e como a carta chega às mãos de Frédéric. Em seguida, e durante cinco versões, temos a redação da cena que constitui meu objeto. Finalmente, o trecho é passado a limpo e corrigido para ser recopiado pelo copista, sendo corrigido uma última vez antes da publicação. A que considero ser a primeira versão do episódio inclui, primeiramente, o efeito dessa carta sobre o personagem, dado que não será desenvolvido nas versões imediatamente posteriores:

{Mas} Uma manhã <{Era}> <12> 17. de dezembro 1845. (e fazia dois anos que ele retornara.)
A cozinheira <{trouxe-lhe}> subiu ao seu quarto uma grande carta {em um envelope timbrado do Havre
{[ele abriu-o]}

Justiça de Paz do Havre. Segundo Distrito

Senhor

Sr Moreau seu tio tendo {falecido} <falecido> *ab intestat*

{a herança}
{Ele herdava!}. – não, impossível! – Enganei-me. {é uma} {estou louco} ele releu a carta <{duas ileg}> {três vezes seguidas e mais} nada de mais verdadeiro! – e <três vezes seguidas, lentamente era [verdade]>

{Então ele} Frédéric olhou-se <{um momento}> {um minuto}, no espelho – {atônito}
Como se algo tivesse lhe caído sobre a cabeça.

A primeira sensação de Frédéric é de descrença, precisa ler a carta repetidamente para assegurar-se da boa notícia. Chama atenção o movimento seguinte, no qual o personagem se olha no espelho, como que para fixar a própria reação, como se seu olhar sobre ele mesmo lhe permitisse fixar na memória o momento que estava vivendo. Este tipo de construção, que pressupõe uma reflexão acerca dos procedimentos da memória, poderia estar diretamente relacionada à forma como os mecanismos alucinatórios são apresentados. A questão que levanto é, então, de como o fazer literário constrói tais mecanismos através das relações entre tempo e narrativa, questão esta que acaba relacionando, de forma teórica, esta cena e aquela apresentada na parte anterior.

No fólio seguinte, 43, desenvolve-se, mais detalhadamente, o momento que antecede a chegada da carta, caracterizado pelo vazio instalado na vida do personagem:

<noite> Seu jogo de cartas. ele {habituava-se} acostumava-se à província – e iria <{pouco a pouco}> se enterrar.

Mas um dia – o 12 de dezembro 1846, a cozinheira subiu e levou ao seu quarto um grande envelope de papel cinza – selado do Havre

Nota-se, claramente, o estabelecimento da monotonia, da repetição esvaziadora na rotina do personagem, imediatamente quebrada pela conjunção adversativa. Esta, ao contrário de estabelecer uma oposição com relação ao conteúdo propriamente apresentado, vem quebrar um ritmo. Vale lembrar, no entanto, que, nos roteiros e planos, esta quebra era introduzida por "de repente", que realmente explora a quebra em um eixo marcadamente temporal. Ou seja, esta quebra adversativa vem igualmente indicar ao leitor que a ação seguinte implicará uma mudança radical no modo de vida do personagem, nos hábitos que acabavam de ser descritos e que resumiam três anos da vida do protagonista.

Percebe-se, mais detalhadamente, uma das principais características do que costuma ser citado como "procedimento flaubertiano": a dilatação. Esta se caracteriza pela exploração de pequenos detalhes, geralmente objetos ou impressões pessoais, que vão ganhando amplitude para, em seguida, serem condensados, de acordo com um certo "princípio de economia", sob forma de metáfora ou metonímia. Ao contrário do que acontece na "Carta Roubada", de Poe, a carta que nosso personagem recebe prima pelo conteúdo. Mesmo se não se lê seu conteúdo completo, com os detalhes de quantia e condições de uso, o essencial é desvendado ao leitor, em uma ilusão de "tempo real", através da leitura do personagem, que, a partir desse momento, se transforma em narrador. Não se está diante, no entanto, de uma transição predeterminada, já que, nos manuscritos, percebe-se a hesitação entre "herança" e "ele herdava!"[75] ou seja, entre uma descrição em terceira pessoa dos detalhes da herança e o discurso indireto livre, caracterizado pelo imperfeito e pelo ponto de exclamação. A continuação da cena fica suspensa durante mais duas versões, aparecendo no final dos fólios sem modificações significativas.

No fólio 40 vº, a redação começa a explorar o parágrafo final dos fólios anteriores, ou seja, a herança, representada pelo recebimento da carta:

{Mas} um {dia} <manhã> – o 12 Xbro 1845 – A cozinheira subiu ao seu quarto levando um gde <ler-lhe seu> envelope de papel cinza {selado do Havre}
– quem diabos poderia escrever-me <{pensou}> disse a si mesmo enquanto {abriu} <desselava> {lentamente}
– Justiça de paz <{do Havre ileg}> 2º distrito
S{r}enhor
Sr Theodore Moreau seu tio tendo falecido *ab intestat*
{é} devo
<{de um só golpe de vista}> {em um piscar de olhos tudo foi lido}. ele herdava – Qual o quê!

---

75. Não desenvolvo aqui o uso particular, apontado em célebre artigo por Marcel Proust, *op. cit.*, que Flaubert faz do imperfeito em substituição ao pretérito perfeito.

impossível. {É uma loucura} Enganei-me {Ele releu}
a carta três vezes {seguidas era} < seguidas – nada de mais>
verdadeiro <trinta e sete mil libras> e {ileg} <{involunt}> Maquinalmente ele olhou-se no {vidro da janela} <espelho>, como {se}
<se algo> lhe tivesse caído sobre a cabeça
Logo {sentiu} sentiu uma alegria frenética <ao sonhar> com a ideia {que}
que ele
<rever> iria rever Sra Arnoux, [viver perto dela {ser livre}]]
ele percebeu
<{num raio}> com a clareza de uma alucinação, {uma alcova}
o apartamento
que dar-se-ia , – as cortinas de seda <azul> {com grandes ramagens estampadas}
um tapete da Pérsia e {a sala de jantar cheia de} <em seu gabinete de trabalho> <{Venezianos sobre as paredes}> <um Veneziano sobre a parede>
{porcelana}. p/ seu empregado um traje <{ouro}> castanho e ouro <ouro e marrom>
<{em}> {que gabinete de trabalho!} e que tílburi! {e sua cabeça} <não! um cupê>
na verdade, e as ideias levavam-me* com uma {tamanha} velocidade <e uma abundância tão tumultuosa>
energia? <sacudiam-me com> {passavam no} <atravessavam> seu cérebro que ele
{teve medo}, que sentia sua razão {titubear} <desmoronar-se>
{[ele endureceu-se contra essa fraqueza]} {e} <Mas> – sua mãe ainda não sabia de nada. ele desceu
{mostrar-lhe a carta}
{A b} Sra Moreau quis <tratou de>conter sua emoção
{E fez um mal ainda maior} – e teve uma espécie de fraqueza. {A boa}

Reaparece, neste desenvolvimento, o efeito de surpresa que a notícia deve provocar no personagem, já que, um pouco antes, durante sua visita, esse mesmo tio deixara claro que Frédéric nada herdaria. Temos alguns indícios que preparam o *scriptor* para uma exploração mais íntima dessas sensações de mudança, o foco narrativo vai sendo internalizado aos poucos. A *Educação Sentimental* caracteriza-se, entre outros elementos, pela parcialidade do ponto de vista narrativo, que, além de ser dividido entre narrador e personagens, tende a ser internalizado, constituindo o que Flaubert, como outros escritores da época, denominava "psicologia dos personagens"[76], explorando a percepção que os personagens têm da cena mais do que o que simplesmente estariam "vendo". Aqui, esse "algo que teria lhe caído sobre a cabeça", desencadeia, quase que sem intermediários, e através de um advérbio de tempo (*puis*), uma confusão de tempos e espaços, que culmina com a cena alucinatória escolhida. Ainda neste fólio nota-se que a alucinação tende a *irromper*, sempre associada paralelamente à luminosidade, como um raio, em seguida rasurada. Reitero que a associação entre alucinação e claridade instantânea também consta na outra cena selecionada, assim como descrita nas memórias do dr. Schreber.

No fólio 44vº, a redação desse trecho é retomada exatamente no mesmo ponto, ou seja, o fólio anterior é recopiado e o trecho é retrabalhado:

Uma manhã <Era> – 12 de dezembro de 1845 – A cozinheira subiu ao seu quarto.
Trazendo uma <gde> {gde} carta {o} em {<gde>} envelope {<cinza>} {de papel cinza} <e selada do Havre> {e selada do Havre} <com um grande lacre>
– {quem diabos poderia escrever-me" disse a si mesmo rompendo o lacre}
– Ele abriu-a
"Justiça de paz do Havre {Havre}. segundo distrito

---

76. Como atestam exemplos de sua correspondência: "Falta-me a psicologia dos meus homens [Bouvard e Pécuchet], espero, e suspiro" (carta a Ernest Faydeau, em 12 ou 19 de dezembro de 1857); "[...] muito poucas descrições para fazer e meus personagens (diálogo e psicologia) ficam no primeiro plano" (carta a Guy de Maupassant entre 5 e 10 de novembro de 1877), e "Talvez fosse necessário desenvolver melhor a psicologia de Helena" (carta a Paul Alexis, 1º de fevereiro de 1880).

Senhor
{Sr} {Théodore} <O senhor> Moreau seu tio tendo falecido *ab intestat* {devo}
em margem:

{<De um só olhar>}
{<Num piscar de olhos>} {leu e percorreu}

{Ele} herdava! Qual o quê, impossível! Enganei-me <{que loucura}>. {ent} ele
releu a carta três vezes. {seguidas} {nada de mais} {não era} {nada} <era> verdade. e {maquinalmente} <{entretanto verdadeiro?}>
[{ele} Frédéric olhou-se no espelho, como se algo tivesse lhe caído sobre
a cabeça]
Logo sentiu <então> uma alegria frenética <tomou-o> ao sonhar que iria {rever} <retornar para perto de> Sra Arnoux
{indefinidamente} – e ele percebeu, com a clareza de uma alucinação o apartamento
que ofereceria a si mesmo [totalmente mobiliado] – s{eu} <o> salão com <forrado de seda>
amarela {com um grande tapete de Pérsia}. Em seu gabinete {de trabalho} em Veneziano

em margem:
{então pensou em
seu}

sobre a parede. Para seu empregado um traje {ouro e marrom} <castanho e {ouro}> – e
Que tílburi. – {Não!} melhor um cupê! {e dois chapéus ileg} – as ideias atravessavam <lhe> <{chegavam-lhe}> <{passavam-lhe}> <pela cabeça> {seu}
o cérebro com uma {velocidade tão rápida}, uma abundância{tão rápida}
{e} tumultuosa que sentia a razão {titubear} <desmoronar-se> Mas sua mãe
ainda não sabia de nada. Ele desceu {falar-lhe} <{com a carta na mão}>

Percebe-se a dilatação da cena através da exploração dos pequenos detalhes decorativos incluídos na construção alucinatória de Frédéric. É mais uma vez evidente a dificuldade implicada na escolha entre logo e então, entre o tempo e a articulação discursiva. Tal implicação narrativo-temporal pode ser vista como um dos binômios privilegiados para o leitor crítico que, como nós, tenta compreender a configuração da escritura nos manuscritos flaubertianos, e, por conseguinte, compreender um pouco mais acerca da criação literária.

No âmbito restrito deste recorte, a alegria frenética, muito estável nos roteiros e planos preparatórios, encontra uma espécie de veículo de personalização: o personagem começa a sonhar acordado, a se distanciar da realidade material. É justamente esse distanciamento que permite ler a alucinação sem grande estranhamento: o leitor sabe que o sonho não é regido pelas mesmas regras da realidade, o que facilita a descrição mais detalhada dessa deriva. O sonho acordado ou devaneio, em francês simplesmente *rêverie*, desencadeia, sem qualquer transição nervosa, a alucinação. Provavelmente a escritura avance sem resistência, a narrativa parece coerente o suficiente, sem precisar conferir ao personagem uma espécie de descontrole ou histeria. Trata-se, portanto, de uma alucinação cujo motor é essencialmente diferente daquela desenvolvida em *Madame Bovary*. Talvez a escolha de "com a nitidez de uma alucinação" signifique não se tratar, teoricamente, de uma alucinação propriamente dita, e sim de algo muito próximo, um mecanismo, no qual a nitidez, ou seja, a construção imagética é essencial. A narrativa oferece maior relevo ao mecanismo alucinatório do que a uma eventual teoria das relações entre a alucinação e o comportamento – note-se, por exemplo, o emprego dos pontos de exclamação.

O discurso indireto livre configura-se, e a atividade narrativa do personagem talvez constitua seu principal eixo de mudança, já que estava se afundando em sua própria passividade, o que nos permite avançar que a visão alucinatória poderia ser vista, neste caso, como um mecanismo criador. No discurso do personagem, essa criação é flagrante pela maneira como opera escolhas. A tendência narrativa natural seria a da exposição, de tradição balzaquiana, das imagens vistas em detalhe, ou fazê-las desfilar diante dos olhos do personagem, ou ainda uma pausa temporal para o desenvolvimento detalhado da descrição. Contudo, neste caso, o personagem, que detém o foco narrativo, vai operando escolhas – como percebemos ser, analogamente, o caso da própria atividade escritural nos manuscritos. É um narrador que se impressiona com as próprias imagens, traduzido por uma profusão de pontos de exclamação, e que titubeia ao escolher: e que tílburi! Não! um cupê. O que interessa neste detalhe é sobretudo a manutenção do mecanismo de escolha, já que a frase poderia ter sido simplesmente reduzida à escolha final pelo uso de uma forma indireta.

No fólio 37v°, há uma retomada da cena alucinatória, um pouco condensada, o que aparentemente permite ao *scriptor* esboçar a cena seguinte, na qual a "boa-nova" é espalhada pela cidade, fechando assim o capítulo:

{Depois} <{Então}> <Então> uma alegria frenética tomou conta dele, {teve} <com a ideia> de rever Sra Arnoux

{indefinidamente} {e} ele percebeu com a clareza de uma alucinação

o apartamento que ofereceria a si mesmo, o salão <alcova> forrado de seda <amarela> {jardim} – em

seu gabinete um Veneziano {sobre a parede} P/ seu criado um traje <{ouro e} castanho – {tapetes} {divãs} por todos os lados – e que tílburi! um

cupê na verdade "[{e} as ideias {passavam em}<chegavam-lhe com uma abundância tão tumultuosa>

que ele sentia sua razão desmoronar-se]{Mas} Sua mãe ainda não sabia de nada.

Ele desceu.

Sra Moreau tentou conter sua emoção e teve um desfalecimento

Nesta versão, cujo interesse central parece ser a continuidade da trama, o detalhe da cena que parece apresentar problemas é o do retorno à realidade, por meio da objetivação da sensação. Assim, após a escolha do carro, o narrador-personagem precisa descrever, através do discurso indireto livre, o procedimento de organização dessas ideias, como elas o invadiam. Neste momento surge um problema de interpretação genética, ou seja, que concerne à leitura da ordem de escritura das versões. No fólio 47, o que obriga a efetuar um salto, a cena completa é retomada, de forma muito condensada. O fólio foi dividido pela metade com um traço horizontal, sendo também desenvolvida a continuação da cena. O problema surge quando se lê o fólio anterior, de acordo com a numeração em fólios da Biblioteca Nacional, que retoma a cena da herança de forma extremamente dilatada, com detalhes que extrapolam as versões anteriores e que a aproximam da cópia passada a limpo, entregue ao copista para publicação. Pelas numerações dos fólios 47 e 46 pode-se concluir que, provavelmente, os conservadores, preferindo fiar-se à numeração autógrafa, colocaram a versão mais dilatada antes da versão mais condensada, quando o que pode ter ocorrido é que o autor colocou 110 bis na versão mais condensada por interessar-lhe a segunda parte, inferior ao traço horizontal, e que é a sequência a ser explorada nas versões seguintes. Neste caso, portanto, o "sistema" flaubertiano de redigir página por página acabou efetuando avanços e recuos, o que denota uma intensa atividade de leitura.

O salto justificado, a primeira metade do fólio 47:

Um dia. 12 Dezembro 1845, às {dez} <nove> horas da manhã, a cozinheira
   subiu ao seu quarto <uma carta>{com selo do Havre}
   Frédéric abriu-a
   "Justiça de Paz do Havre. segundo distrito
   Senhor
   Sr Moreau, seu tio, tendo falecido *ab intestat*"

Ele herdava! – Qual o quê! impossível. Enganei-me
ele releu a carta três vezes. nada de mais verdadeiro <no entanto>
então Frédéric
olhou-se no espelho – como se algo tivesse lhe caído sobre a cabeça
Depois uma alegria frenética tomou tomou conta dele com a ideia
de rever Sra Arnoux.
de viver perto dela, de ser livre. Percebeu com a clareza de uma
alucinação o apartamento que oferecia a si mesmo a alcova forrada de
seda amarela, para seu criado ym traje marrom. divãs por todos os lados
e que tílburi! não, um cupê, na verdade. Mas sua mãe ainda sabia de
nada. ele desceu.

Apesar da condensação em relação à sexta versão apontada, parece tratar-se realmente de uma espécie de resumo da cena, como nos roteiros, que permite dar continuidade a uma exploração dos dados narrativos, da intriga propriamente dita. Destaco ainda que a primeira metade do fólio, na qual foi desenvolvido este trecho, está riscada com um X, e que, em seguida o fólio inteiro foi riscado com outro X. Pode ser, ainda, que a versão contida na metade superior do fólio 47 pertença a um momento muito anterior de redação, em seguida abandonado, o que obrigaria a supor que a folha de papel tenha sido reutilizada. De qualquer forma, este fato é bastante significativo dos problemas de leitura encontrados quando os fundos de escritores deixaram de ser arquivos, cujos documentos eram mantidos no estado em que haviam sido deixados pelo escritor, para se tornarem volumes da Biblioteca Nacional. Aponto, ainda, que a encadernação efetuada pedia uma ordenação definitiva, e obedecia, em grande parte, a uma já mencionada tradição filológica que preconiza o estabelecimento de uma "versão"[77]. O crítico flaubertiano que se interessa por uma espécie de "reconstituição" do percurso criativo debate-se com uma leitura previamente estabelecida e que pode levar a equívocos interpretativos justificando, consequentemente, a fragilidade desse tipo de empreitada.

---

77. Não pretendo, no entanto, criticar tal tradição, já que a questão repousa sobre a aplicação, que julgo indevida, da mesma e não sobre suas bases teóricas.

Em versão seguinte, fólio 46, a cena é retomada desde o dia da chegada da carta. Coloco esta versão como sendo a última pela grande semelhança com a cópia entregue ao copista. Talvez aqui esteja outro dos eixos que guiarão meu trabalho interpretativo: as construções imagético-alucinatórias como uma espécie de mimese da criação escritural, do processo criativo flaubertiano. Destaco, ainda, que a criação imagética chega a incluir sonoridades detalhadas, o que aponto como uma das preocupações centrais da prosa flaubertiana – se consideradas especificamente das leituras em voz alta, *gueuloirs*, que Flaubert praticava durante a redação ou, ainda, das leituras que ele mesmo fazia aos amigos.

Depois {então} ele releu a carta {três vezes seguida} <{ileg}> nada de mais verdadeiro. toda

a fortuna do tio 23 mil libras de renda {então} então uma alegria frenética

{tomar conta dele} <tomou-o> diante da ideia de rever Sra Arnoux. Com a clareza de uma alucinação ele viu-se {junto dela} <na casa dela> vestido de dândi}

levando-lhe um presente em papel de seda, enquanto que à porta estacionaria seu tílburi! não, melhor um cupê < um cupê preto>. com um criado em trajes castanhos e ele ouvia {o ruído? o como?} – seu

{cavalo relinchar} <alazão relinchar> {na calçada} <nas marcas e ileg> o ruído da pulseira <{cortando}> {de prata}

<{que o intervalo} de seus murmúrios de suas {palavras}> se misturava <confundia> {c o ruído} de seus beijos. {sobre sua mãe} e isso {duraria}

{o} se renovaria <{com frequência}> {com frequência} <todos os dias!> <indefinido> {se renovaria} <duraria indefinidamente>. – Pois

ele os receberia em sua casa. – Em sua casa. {ele teria uma} {e} a sala de jantar seria {esguia por cima...} <{inteira} em couro vermelho e em carvalho> a alcorra <{forrada}>

{salão} <em seda amarela {e ileg}> divãs em toda parte! <e que prateleiras! que vasos da China> {que eles} {um gde} tapete! {da Pérsia}

Imagens chegavam-lhe <tão tumultuosamente> {na cabeça massiv} que ele {teve medo}

<sentia> {de perder a} cabeça <rodava-lhe[78]> Então lembrou-se de sua mãe e desceu, segurando sempre a carta {em} {<na>} sua mão

Há beijos, o cavalo, murmúrios, palavras, e muito destaque para a duração: repetição eterna, renovação indefinida. É a introdução de um tempo futuro, o personagem questiona-se de forma aparentemente consciente acerca desse tempo, de sua duração, de sua relação com o presente. Contudo, a exploração descritiva do mecanismo associativo parece predominar, o movimento perpétuo imita, na verdade, o movimento das imagens sendo construídas, e que em uma linha perdem essa característica, "chegando tumultuosamente". O personagem não controla mais o processo, está prestes a perder a cabeça. Mais uma vez temos uma escolha singular de conectores: *então*, como se restasse a esse personagem consciência suficiente para dar-se conta do descontrole, voltando sozinho à realidade. A leitura de mais esta alucinação nos reapresenta a tríade imagem/tempo/espaço e uma tentativa de articulação. O emprego do presente remete ao ato, à linguagem em construção.

---

78. Atente-se para a recorrência desta contrução na narrativa flaubertiana. Emma Bovary também teme o descontrole, mas, no conto "Hérodias", Herodes Antipas teme perder a cabeça e acaba prefigurando a cabeça que mandará cortar.

3
A Imagem da Explosão

A Escritura por Flaubert

Até este ponto, baseei-me, exclusivamente, em um viés crítico acerca da escritura, sem levar em consideração o que o próprio Flaubert concluía a respeito de sua atividade criativa. Séginger analisa o que chamou de "ética da arte pura" a partir da correspondência do escritor. Essa ética supõe uma reflexividade, à proporção que o trabalho do escritor produz efeitos sobre ele mesmo, obra a obra. Quanto à atividade propriamente dita, Flaubert se dá conta que escrever "não é mais um trabalho de composição respeitoso da retórica, mas um trabalho de *organização* que supõe uma autorregulação da criação a partir de valores e de regras que não são dados de antemão. A escritura é então uma aventura na qual o artista é exclusivamente guiado por uma consciência que se forja no trabalho sem jamais produzir regras definitivas"[1], pelo que os próprios manuscritos devem ser lidos um de cada vez, podendo desvendar novas regras ou simplesmente reatualizar dinâmicas já experimentadas.

Uma dessas dinâmicas, muito explorada na crítica flaubertiana, é o que se convencionou chamar de "panteísmo estético", em reação a um vigente lirismo desdobrado em um narcisismo

---

1. Gisèle Séginger, *Flaubert. Une éthique de l'art pur*, p. 15.

que cegaria o artista para uma "contemplação serena do mundo". Esse panteísmo estético autorizaria o *scriptor* a empregar metáforas religiosas, por exemplo, sem um comprometimento teórico particularmente unívoco. Para Séginger é esse panteísmo que possibilita o surgimento da impersonalidade, o que vem ao encontro da questão da permeabilidade do discurso. Contudo, ao se falar em panteísmo estético confere-se um papel definitivamente ativo, e um tanto onipresente, ao escritor enquanto aquele que controla suas escolhas. Por outro lado, se continuarmos ampliando a noção de permeabilidade escritural, conferiremos um papel de destaque à atividade escritural em si, sem pressupor um domínio de escolhas, um controle total do processo criativo. Isso porque as estruturas, as imagens, as metáforas, podem ressurgir conforme a própria escritura se constrói, levando o acaso em consideração.

Outra noção essencial para a compreensão da escritura flaubertiana, e aqui a divisão em aspectos é meramente didática, são as restrições que a própria linguagem opera sobre aquele que tenta manipulá-la. Como aponta Dufour[2], a escritura flaubertiana permite compreender que a linguagem não é um instrumento do qual nos servimos de forma programática ou programada. Como também concluiu Lacan, nós somos falados pela língua, o que não é sem consequências para a atividade literária.

Para Adert[3], essa questão estaria inserida em uma revolução estética baseada na representação da fala do sujeito. Os traços de tal revolução se fariam presentes particularmente na construção dos personagens, que seriam falados pelo discurso da sociedade de forma parasitária, chegando a ponto de impedir que os mesmos se manifestem – talvez seja esta uma tentativa de explorar o discurso indireto livre, que justamente provoca no leitor essa sensação de um discurso alheio ao personagem e que

---

2. Philippe Dufour, *Flaubert ou la prose du silence*, Paris, Nathan, 1997.
3. Laurent Adert, *Les mots des autres (Lieu commun et création romanesque dans les oeuvres de Gustave Flaubert, Nathalie Sarraute et Robert Pinget)*, Paris, Septentrion, 1996, pp. 23; 56-65 e ss.

se manifesta através da mesma. Ainda, como o próprio Adert sugere, esses traços não estariam exclusivamente presentes na construção do discurso dos personagens. Como desenvolvi aqui, o embate com a língua, nos intervalos dos discursos que a compõem, é articulado pela escritura como um todo, observável nas restrições impostas pelos espaços escriturais e nas rasuras, entre outros. Essa permeabilidade discursiva estaria presente então, mais do que em nível narrativo ou nos discursos do narrador, por exemplo, na escritura como um todo, cujos rastros de construção pude apontar, ou delinear, a partir da leitura do detalhe, representado pela alucinação.

Ao abordar a escritura flaubertiana, ative-me exclusivamente à atividade em si, através da qual surgem questões acerca da criação que não podem ser resolvidas sem uma análise da forma que a escritura adquire. Ou melhor, a reflexão a respeito da escritura possui um caráter quase que exclusivamente didático, já que não se pode avançar numa compreensão de seu processo sem analisar as formas por meio das quais a mesma se configura. Este movimento permite, espero, justificar o recorte aqui proposto: a alucinação. Mais do que a alucinação em termos gerais, a imagem específica e tantas vezes repetida da explosão dos fogos de artifício. Como escolhi uma descrição, proponho a leitura dos manuscritos visando ao alargamento dos conceitos de construção imagética e descrição. Dessa forma, mesmo se continuo resistindo à interpretação que respeite o círculo hermenêutico, poderei estabelecer relações mais naturais entre a forma e o processo.

Na escritura flaubertiana, a linguagem se manifesta em um intervalo entre as restrições espaciais criadas pelo próprio *scriptor* e o universo de possíveis representado pela linguagem poética. É nesse intervalo entre restrições autoimpostas e um universo quase que ilimitado de combinações possíveis que a própria autoria vai tomando corpo por meio, como desenvolve Willemart, da rasura. Não se está diante de um ideal de pureza da linguagem poética, como se buscava no romantismo, o que nos leva a uma linguagem que poderia ser entendida como um produto social. Dessa forma, resta ao *scriptor* flaubertiano exercitar a linguagem como o próprio objeto da literatura, já que os outros campos do saber também podem produzir sua linguagem específica. A prosa, e mais particularmente a representação romanesca, vai permitir à atividade escritural pensar a linguagem através de sua própria atividade.

As construções imagéticas de Emma, assim como as de Frédéric, estão baseadas em uma lógica que transcende o contexto da corrente literária da época. Afirmar que se atribuíram alucinações e delírios à personagem de Emma simplesmente porque ela representaria um leitor romântico, ou ainda o mau leitor, seria bastante redutor. Baudelaire, como bom leitor de um de seus mestres e muito influenciado pelas traduções que fizera de Poe, tenta encontrar o fio lógico de construção do personagem:

> Entretanto, a jovem se embriagava deliciosamente das cores dos vitrais, dos tons orientais que as longas janelas trabalhadas projetavam sobre seu missal de interna; ela sorvia a música solene das vésperas, e, por um paradoxo cuja grande honra pertence aos nervos, ela substituía em sua alma o verdadeiro Deus pelo Deus de sua fantasia, o Deus do futuro e do acaso, um Deus de vinheta, com pés de galinha e bigodes; – eis o poeta histérico[4].

Assim como o leitor de hoje, Baudelaire percebe que parte do efeito produzido pelo personagem se deve aos detalhes que o caracterizam. Parece que é justamente nesses detalhes que acaba repousando a construção de um efeito de real, que só é possível na leitura.

Por outro lado, nota-se, a partir da repetição, que a construção das imagens alucinatórias é retroalimentada tanto em sua estrutura, como na escolha de imagens. Ao efetuar correspondências entre os subsídios bibliográficos de que o *scriptor* dispunha e as

---

4. Charles Baudelaire, "Madame Bovary", *L'Art Romantique*, Paris, 1968, pp. 225-226.

tantas cenas alucinatórias presentes na obra do escritor, perceberemos que além da repetição de expressões, que acabam adquirindo o estatuto de "expressões-chave", como *de repente* ou ainda *acreditou ver*, deparamo-nos com a repetição da imagem propriamente dita: a explosão dos fogos de artifício. Em suma, como aponta Neefs, "a representação se desenvolve essencialmente de forma intradiegética, as comparações e metáforas referindo-se a elementos que tenham aparecido, eles mesmos, na história"[5].

O crítico vai além, ao intuir que

[...] de certa forma, o texto se torna representação dele mesmo, desencadeia sua própria representação, que não para de se mostrar, ou seja, de se apresentar como ato cenográfico. Flaubert, como Stendhal, recorreu à metáfora do espelho para descrever a atividade do romancista com a diferença, entretanto, que a imagem refletida é, para ele, idealizada, otimizada. [...] A narrativa assim concebida é então "fechada", oferecendo-se ao leitor como uma abstração, uma vasta e grande imagem, que retoma a realidade mas sem inscrever-se em um ponto determinado, porém livre das circunstâncias que ela representa[6].

Retorno, assim, às relações que estabeleci, ao longo da leitura dos manuscritos, entre o detalhe e a possibilidade de uma teorização da escritura.

O Detalhe

O que antes havia se caracterizado como leitura do trecho que não queria se ver obrigada a completar o círculo hermenêutico era, na verdade, uma leitura do detalhe. Não se entende por detalhe o trecho, limitando-nos exclusivamente à literatura, que pode ser desprendido e analisado ou lido como representativo do todo no qual se insere, seja este a obra publicada ou o *corpus*

---

5. "La figuration réaliste. L'exemple de Madame Bovary", *Poétique*, IV, 16 (nov. 1973), p. 23.
6. *Idem*, pp. 23-24.

manuscrito selecionado pelo crítico. Assim, antes de retomar as teorias que fundamentam esta visão do detalhe, julgo valer a pena trilhar a origem deste desenvolvimento.

Foi a partir da leitura de Schor que entrei em contato pormenorizado com a leitura que Flaubert fez dos *Cursos de Estética* de Hegel, particularmente no tocante ao detalhe. Posto que me considero fragilmente iniciada em filosofia, antes de retomar o texto hegeliano, preferi apresentar o trecho de Schor que desencadeou esta reflexão:

> No processo de sublimação do detalhe prosaico, essa desagregação é a etapa final, posto que tudo acontece como se o concreto só pudesse entrar na cena da representação à condição de estar reduzido a um estado de pura facticidade, de ser filtrado através de uma visão míope na qual tudo se funde em uma bruma de cor incerta e sem brilho. Comparada à visão hegeliana, a de Proust e do célebre "pequeno pedaço de muro amarelo" da "Visão de Delft" de Vermeer no qual se fixa o olhar agonizante de Bergotte, arrisca parecer monumental. Para retomar o paralelo esboçado anteriormente entre pintura e romance, o romance do qual Hegel faria a teoria não é nem aquele de Balzac, nem aquele de Proust, mas antes o de Flaubert. *Na verdade encontramos, na descrição flaubertiana –* o autor de Madame Bovary lera a Estética *– a mesma visão míope, e uma construção por justaposição de anotações heterogêneas que, nos casos extremos, acabam reduzindo os objetos da realidade referencial a uma matéria inerte e estúpida*[7].

O que mais interessa nesta abordagem é, sem dúvida, a questão da construção por justaposição do que a autora chama de anotações heterogêneas. A partir da primeira leitura dos manuscritos proposta acima, percebe-se uma tentativa de construção de uma linguagem que – através do recurso da descrição, do foco narrativo cambiante, do discurso indireto livre e do uso particular dos tempos verbais narrativos – ao sobrepor detalhes de uma visão míope, ou seja, cujo efeito é mais real do que a própria relação

---

7. Naomi Schor, *Lectures du détail,* Paris, Nathan, 1994, trad. Luce Camus (1987 USA) p. 65, grifos nossos.

com a realidade a que poderiam, ou não, remeter, ganha destaque a própria empreitada de construção de uma linguagem.

Qual seria o estatuto do detalhe na "economia" do romance flaubertiano? – se com o que se segue ainda podemos referir-nos assim aos romances deste autor. Segundo sua correspondência, mais um motivo para esta não ser imbuída de uma veracidade testemunhal que pretenda calar o crítico, os detalhes – essencialmente atrelados à descrição ainda no século XIX – deveriam ser construídos para se tornarem essenciais. Uma vez desenvolvidos, a narrativa dependeria dos mesmos, o que conferiria uma espécie de unidade autônoma ao texto, composto então apenas de partes essenciais. Contudo, a descrição flaubertiana, as construções imagéticas ainda neste universo, adquire uma dinâmica própria, que subverte os cânones do romance da época. Essa dinâmica própria caracteriza-se, entre outros elementos, pela não necessária relação hermenêutica da parte com o todo, do detalhe descritivo com o acontecimento narrativo.

Como analisou Conceição Aparecida Bento, alguns detalhes, aparentemente insignificantes, são reiterados, de forma repetitiva. "Um detalhe obseda o autor e se aceita reformulações, indicando características escriturais, não suporta ser demovido"[8]. Em sua dissertação analisa o zumbido de uma mosca nos fólios manuscritos referentes à morte de Félicité em "Un Cœur simple". Nesses detalhes, assim como nas cópias sucessivas das versões recém-escritas, Bento vê a dupla realização da "necessidade de ruminar seus [de Flaubert] textos"[9]. A repetição, a partir da leitura do detalhe e de sua relação com a descrição, mostra-se, então, como um viés privilegiado para a leitura da escritura flaubertiana.

O "livro sobre nada" acaba preconizando a descrição em detrimento da narração do evento, ainda mais por esta ser inovadora. O procedimento, entretanto, subverte a estrutura roma-

---

8. Conceição Aparecida Bento, *Un Cœur simple: Um Estudo Genético*, dissertação de mestrado defendida na FFLCH-USP, em 1999 (inédita), p. 115.
9. *Idem*, p. 133.

nesca que se estabelecera até o final da primeira metade do século XIX. Sainte-Beuve[10] e Lukács viram nessa reviravolta um engano: o primeiro critica em Flaubert uma "gratuidade" descritiva, enquanto o segundo fala numa "inflação de detalhes", tornando-os desnecessários ou sem relação uns com os outros, visto que "a narração distingue e ordena. A descrição nivela todas as coisas"[11], ao buscar uma função social para além da literatura, associando a descrição à mera observação social. Em outro momento, analisa seu efeito dramático:

> A descrição torna presentes todas as coisas. Contam-se, narram-se acontecimentos transcorridos; mas só se descreve aquilo que se vê, e a "presença" espacial confere aos homens e às coisas também uma "presença" temporal. Tal presença, contudo, é uma presença equivocada, não é a presença imediata da ação, que é própria do drama. A grande narrativa moderna chegou ao ponto de tecer o elemento dramático na forma do romance precisamente através da transformação de todos os acontecimentos em acontecimentos do passado. A presença ocasionada pela descrição do observador, ao contrário, é o próprio antípoda do elemento dramático. Descrevem-se situações estáticas, imóveis, descrevem-se estados de alma dos homens ou estado de fato das coisas. Descrevem-se estados de espírito ou naturezas-mortas[12].

Contudo, assim como as naturezas-mortas chamam atenção sobre sua composição, esse nivelamento entre descrição e narrativa desperta o interesse para o que está para além desses mecanismos de escrita: a escritura. O movimento escritural, os jogos de composição, de repetição, de deslocamento, de permeabilidade, lidos nos manuscritos de Flaubert e desenvolvidos adiante.

---

10. Saint-Beuve, "Madame Bovary par Gustave Flaubert", *Les Grands Écrivains français, XIXe siècle – Les romanciers*, vol II, Paris, Garnier, 1927.
11. Georg Lukács, "Narrar ou Descrever? Contribuição para uma Discussão sobre o Naturalismo e o Formalismo", *Ensaios sobre Literatura*, Rio de Janeiro, Civilização Brasileira, 1965 (trad. Giseh Vianna Konder), p. 62.
12. *Idem*, pp. 65-66.

Retomando o detalhe de maneira mais pontual, evoco a leitura freudiana do *Moisés de Michelangelo*, por abordar de forma bastante pessoal o detalhe na obra de arte. Esse detalhe baseia-se na teoria de Morelli para a distinção dos quadros originais entre suas cópias. Ao especular acerca dessas diferenças, o especialista acaba refletindo a respeito da individualidade tanto dos artistas copiados como dos novos artistas, aqueles cuja autoria seria falsa. Haveria, portanto, pequenas marcas formais não pertencentes à impressão geral projetada pela obra a ser analisada. Tais marcas, que no caso da obra pictórica seriam a maneira de executar o desenho dos olhos, das orelhas, das auréolas dos santos, constituiriam, no fundo, a assinatura daquele executante/executor.

Assim, Freud tenta compreender, ao "refazer" a construção dos detalhes da escultura em questão, o efeito que aquela obra produzira nele mesmo. Ainda se afirma não se interessar pelos aspectos formais das obras de arte, que constituiriam interesse exclusivo dos artistas, mas sim pelo seu conteúdo, naturalmente não consegue desvinculá-los.

Diferentemente de Freud, entretanto, o objetivo aqui não é "refazer" a construção do detalhe que constitui o *corpus*, mas tentar compreender as dimensões às quais remetem tanto os traços de construção presentes nos manuscritos, como sua repetição no trabalho de redação de obras diferentes. Ainda assim, percebe-se, através do movimento impresso pela leitura proposta, que o detalhe está aparentemente desvinculado de sua função – ou justamente se caracteriza como "falha" romanesca – de subordinação ao sistema narrativo. O detalhe aqui tomado desvela algo não da caracterização de um estilo, no sentido da particularidade, da assinatura de cada artista, mas da possibilidade de uma nova função: a de dar pistas ao leitor acerca da escritura, ou seja, da aventura poética implicada no ato de escrever, retomando, mais uma vez, o sentido de odisseia que Barthes atribui ao termo.

Por outro lado, o detalhe se insere em uma busca do verdadeiro na arte, busca esta que distanciava Flaubert de seus contemporâneos ditos realistas. Estes, através de suas técnicas de reprodução fiel da observação, ao encontro da daguerreotipia, acabavam eliminando o trabalho estilístico, tão característico do projeto flaubertiano. Como aponta Mitterand, os realistas, paradoxalmente, não chegam à realidade por meio de sua simples reprodução. A inversão desse paradoxo faz com que o trabalho do artista seja extremamente árduo, entre outros, através do trabalho do detalhe. Trata-se do universo da construção de efeito de real. Ainda, e é o que vale ressaltar dessa etapa inicial de análise de Mitterand, esse trabalho de busca pela verdade na arte é resultado de uma sistematização:

> A restrição das pesquisas formais acresce-se à mediocridade do tema. Os tormentos do estilo devem crescer com a vontade de dizer tudo e de pintar tudo. Flaubert é o primeiro dos escritores modernos a ter experimentado esse conflito em toda a sua acuidade, a ter experimentado claramente seus dados, e a ter definido suas soluções estéticas e técnicas, em sua teoria do tipo[13].

Dufour, retomando, a partir do texto de Genette[14], os momentos de suspensão nos quais o texto se deixa levar por uma espécie de fascinação do detalhe, nos dá algumas pistas sobre a singularidade do detalhe enquanto procedimento da escritura flaubertiana:

> Talvez o detalhe se distancie do essencial (é a crítica de Valéry), mas pelo menos escapa ao comum: o detalhe está nos antípodas do clichê porque é único, inédito. É um ponto de parada rebelde ao desgaste linear da frase[15].

Essa tentativa de fugir ao clichê acaba revelando, no detalhe, um projeto escritural ideal, a escritura livre das amarras de gênero, tradição e legado. É no detalhe assim definido que é possível

---

13. Henri Mitterand, *Le regard et le signe*, Paris, PUF-Écriture, 1987, p. 17.
14. Gérard Genette, *op. cit.*, 1966.
15. Philippe Dufour, *Flaubert ou la prose du silence*, Paris, Nathan, 1997, p. 27.

aproximar esses momentos escriturais da odisseia barthesiana, ao mesmo tempo que esta se aproximaria da expressão de uma busca da singularidade por parte do *scriptor* na formação da autoria. Pergunto-me, então, como os manuscritos aproximariam o leitor dos movimentos constitutivos dessa escritura.

Contudo, antes de dar continuidade aos desdobramentos da leitura proposta pelos manuscritos, situo mais precisamente a questão do detalhe aqui analisado. Durante a leitura surgiram "construções imagéticas", mas tratando do detalhe, um pouco acima, empreguei o termo descrições. Cabe aqui, então, abordar a questão da descrição flaubertiana para, em seguida, situar as alucinações, que instauram uma nova relação com a linguagem nesta escritura.

(D)Escrevendo a Escritura

Quando trata da antiga retórica em sua *Aventura Semiológica*, Barthes nos apresenta uma descrição caracterizada como um eixo de duração da *narratio*. Ou seja, a descrição, em um primeiro momento, era definida com relação à narração, além de já ter sido extremamente codificada.

> Houve principalmente: as topografias, ou descrições de lugares; as cronografias, ou descrições de tempos, de períodos, de eras; as prosopografias, ou retratos[16].

Tais eram os códigos nos quais as descrições costumavam se enquadrar. Outra possibilidade seria ainda uma espécie de descrição, a *epidiegese* ou *repetita narratio*, que teria como função explicar o que acabava de acontecer na narração de forma mais detalhada.

Tais categorizações acabam por excluir os recortes selecionados desse tipo de universo descritivo. Em um primeiro mo-

---

16. Roland Barthes, "L'Ancienne rhétorique", *L'aventure sémiologique*, Paris, Seuil, 1985, p. 153.

mento o leitor dirá, sem grandes dificuldades, que se trata de uma descrição tradicional do romance do século XIX: tempos verbais e suspensão da narrativa são as provas disponíveis. Entretanto, terá dificuldades ao tentar relacioná-la, de forma subsidiária, com a narrativa para o trecho aqui selecionado. Trata-se, mais uma vez, de um mero detalhe. Poderia ter sido, sem qualquer prejuízo para as necessidades básicas da economia romanesca, simplesmente omitido. O perfil sonhador de Emma, por exemplo, já está suficientemente construído e justificado com as diversas outras descrições de seus devaneios, como aqueles relacionados com o episódio do baile da Vaubyessard.

Todavia, não interessaria procurar uma resposta para um questionamento das razões que teriam levado o autor, e nesse caso a questão da autoria é incontestável, a manter trecho aparentemente tão "desnecessário". O fato está consumado e abre o caminho para o questionamento da função desse ato. Ou seja, da função que a manutenção de um trecho com tais características adquire na construção da leitura.

Vê-se, primeiramente, que ao empregar os recursos descritivos, a escritura se constitui de procedimentos familiares ao leitor contemporâneo para apresentar algo que acaba fugindo à fixação do dito trecho, ao clichê apontado anteriormente por Dufour. Esses clichês, tanto no caso de Emma como no de Frédéric, seriam os contornos históricos, e, portanto, redutores, que a inclusão do termo *alucinação* conferiria não só aos personagens, como também às cenas em questão. Ainda se um personagem como Emma Bovary pode dificilmente ser lida, sobretudo nos dias de hoje, como não-histérica, o trabalho imagético representa uma espécie de desvelamento da verdade em seus respectivos romances. Não se trata apenas de uma descoberta para os personagens involucrados, mas de uma verdade escritural para o romance como um todo. Ao tentar fugir não só do clichê descritivo, como da simples repetição da própria literatura, a escritura acaba revelando sua busca. Nestes casos, e remeto aqui à leitura da correspondência de

Flaubert, o projeto escritural buscava sempre uma escritura que flutuasse, que não estivesse presa a amarras, fossem elas históricas ou formais.

> O que me parece belo, o que eu gostaria de fazer, é um livro sobre nada, um livro sem amarra externa, que se sustentaria por si só pela força interna de seu estilo, como a terra sem ser sustentada se mantém no ar, um livro que quase não tivesse um tema ou pelo menos no qual o tema fosse quase invisível, se é possível. As mais belas obras são aquelas nas quais há menos matéria; quanto mais a expressão se aproxima do pensamento, quanto mais a palavra se cola sobre ele e desaparece, tanto mais belo[17].

A imagem da alucinação como uma possibilidade de leitura da atividade escritural vai se delineando de forma cada vez mais clara.

A Repetição do Detalhe e os Primeiros Deslocamentos Teóricos

> *La forme est essentiellement liée à la répétition.*
>
> Paul Valéry, *Tel Quel*, 1941.

Depois de apontar para a leitura do detalhe escolhido acima, busquei compreender suas regras de construção. Percebi, então, que o que poderia ser qualificado como primeiro "procedimento" de constituição das cenas alucinatórias caracterizava-se pelo deslocamento da imagem nos vários espaços escriturais configurados pelo *scriptor* flaubertiano: a correspondência, os rascunhos, os roteiros, os planos e as margens. Ao invés de tentar reorganizá-los de forma cronológica, esboçarei os deslocamentos teóricos que a construção do detalhe permite efetuar a partir da construção de minha própria leitura.

---

17. Carta a Louise Colet, 16 de janeiro de 1852.

Em dissertação de mestrado[18], consagrada à análise da alucinação nos manuscritos de "Un Cœur simple" e "Hérodias", apontei uma espécie de deslocamento estrutural que opera na construção da alucinação de Herodes Antipas. Nos manuscritos do primeiro conto, "Un Cœur simple", havia a construção de uma cena alucinatória feita em margem, a ser desenvolvida para o personagem Madame Aubain, mas que, finalmente, foi abandonada. Como mencionei anteriormente, o trabalho feito nas margens precedia o desenvolvimento efetuado no corpo do texto, o que não se observou para esta alucinação. Contudo, sua estrutura "ouvir vozes, enganar-se e voltar a ouvi-las outras duas vezes" é empregada de forma idêntica na alucinação auditiva de Herodes Antipas na primeira parte do conto "Hérodias". Esta última é desenvolvida sem etapas intermediárias, diretamente no corpo do texto. Comecei a interessar-me, portanto, por essa estrutura de composição que se repete em outros manuscritos, como se desprende da leitura proposta anteriormente para os manuscritos de *Madame Bovary* e *A Educação Sentimental*.

Apontei o emprego de fórmulas repetidas, notadamente o tantas vezes citado "de repente" e a metáfora dos fogos de artifício, assim como a saturação da descrição através da composição imagética. Eis os elementos que serão aqui retomados e que, à luz das questões teóricas levantadas no primeiro capítulo, serão deslocados.

A Alucinação e as Reflexões Psicológicas do Século XIX

Uma das partes que compõem, ou melhor, alimentam esta escritura, é tema recorrente na literatura do século XIX, como apresentado na primeira parte deste trabalho. Depois da leitura dos manuscritos, daí a ordem de apresentação desta reflexão, dediquei-me

---

18. *Alucinação, Memória e Gozo Místico. Dimensões dos Manuscritos de* Un Cœur simple *e* Hérodias *de Flaubert.*

a uma análise mais pormenorizada das leituras feitas por Flaubert acerca do tema. Corri o risco de cair em uma espécie de tautologia e conferir título de documento à pesquisa bibliográfica efetuada pelo escritor, sugerindo um simples deslocamento do discurso médico. Contudo, e espero assim ter-me afastardo de tal movimento, esta retomada pretende criar subsídios para uma leitura que distancia as construções alucinatórias lidas acima de sua relação com a bibliografia da época. Ou seja, interessa compreender aqui um movimento essencial que caracteriza a escritura flaubertiana: a construção do efeito de real a partir da já citada *permeabilidade discursiva*. Ao retomar suas leituras, colocando o leitor atual a par das pesquisas desenvolvidas pelo escritor sem a preocupação de relacioná-las com os projetos pontuais de forma direta, pretendeu-se compreender melhor como se constrói o distanciamento das mesmas. À proporção que o *espaço escritural* se configura, as alucinações flaubertianas ficam cada vez mais distantes da conceituação procurada durante a pesquisa bibliográfica. Pretende-se, então, atualizar a relação entre a atividade alucinatória e a produção artística, como se lê na carta entre o escritor e o crítico Taine.

Em Esquirol, médico no hospital da Salpêtrière, Flaubert encontrou informações bastante científicas para a época. Nessa obra, por sinal, reeditada em 1989, encontram-se conclusões resultantes das sessões de dissecação feitas no hospital com os doentes mentais, em sua maioria mulheres. Dedica um capítulo às alucinações, descrevendo suas relações com os sentidos e seus sintomas:

> O fenômeno da alucinação em nada se parece com o que ocorre quando um homem, em delírio, não percebe as sensações como as percebia antes de estar doente, e como as percebem outros homens. As noções relativas às propriedades e às qualidades das coisas e das pessoas são mal percebidas, por conseguinte mal julgadas; *o alienado toma um moinho de vento por um homem, um buraco por um precipício, as nuvens por tropas de cavalaria*. Nesse último caso, as percepções são incompletas, há erro, as ideias, as sensações atuais se ligam mal. Nas alucinações não há nem sensação nem percepção, não mais do que nos sonhos e no sonambulismo, já que os objetos exteriores não agem sobre os sentidos.

Mil alucinações brincam com a razão humana e a desviam. De fato, a alucinação é um fenômeno cerebral ou psíquico, que se realiza independentemente dos sentidos[19].

Percebe-se que apesar da intenção científica do texto, o leitor mais avisado reconhece as "alucinações" do personagem de Cervantes, que tanto inspirou Flaubert ao longo da vida[20]. O que parece essencial, neste caso, é o autor tratar a alucinação como fenômeno cerebral, ou seja, como atividade psíquica. Tanto na alucinação de Emma Bovary como na de Frédéric Moreau, há ausência de confusão de sentidos. Tem-se uma espécie de tentativa de exploração da atividade psíquica através da exploração da linguagem. A alucinação parece permitir uma exploração visual, observada nas construções imagéticas, traduzidas por um mecanismo descritivo que, por causa da saturação, acaba sendo posto em xeque. Vislumbram-se construções alucinatórias que extrapolam os conceitos de imagem e descrição.

Em Brierre de Boismont, leitura muito difundida na época, há soluções bastante semelhantes à estrutura sintagmática escolhida para o desencadeamento das alucinações flaubertianas: de repente. São descrições de casos observados nos primeiros hospitais para alienados[21].

---

19. Jean-Étienne-Dominique Esquirol, *Des maladies mentales* (1838), Paris, Frénésie Éditions, Collection INSANIA Les Introuvables de la Psychiatrie, 1989, p. 95.
20. "Encontrei todas as minhas origens no livro que conhecia de cor antes mesmo de saber ler, Don Quixote, e há ainda, por cima, a espuma agitada dos mares normandos, a doença inglesa, névoa fétida" (Carta a Louise Colet, 12 de junho de 1852) ou, em outro momento de releitura: "O que há de pródigo em Don Quixote, é a ausência de arte e essa fusão perpétua da ilusão e da realidade, que tornam-no um livro tão cômico e tão poético. Como são anões todos os outros do seu lado! Como sentimo-nos pequenos, meu deus! Como sentimo-nos pequenos!" (carta a L. Colet, 22 de novembro de1852).
21. Como apresentado antes da leitura dos manuscritos:
"Uma senhora de aproximadamente sessenta anos, de grande suscetibilidade nervosa, foi afetada de tempos em tempos por visões singulares. *De repente*, via um ladrão adentrar seu quarto [...]" (A. Brierre de Boismont, *Des hallu-*

É desnecessário citar outros casos, mas são numerosos, variados e, em sua maioria, caracterizados por construções visuais. Note-se, no caso o uso dos verbos que se relacionam com a visão. Parece inclusive que os relatos dos casos podem ter interessado o escritor tanto quanto a teoria desenvolvida, que se limita a relacionar com bastante frequência as alucinações à loucura. Contudo, apresento, ainda, as relações entre as alucinações e os sentidos:

> Esses exemplos levam-nos a suspeitar, o que é confirmado por muitos outros, que a loucura consiste na perda ou enfraquecimento de uma ou várias faculdades da mente, que se encontra, entre outros, na impossibilidade de fazer comparações.
> O estado de fraqueza, a convalescença, a síncope, os pródromos da asfixia, costumam determinar a alucinação[22].

Ou, ainda, outra relação restabelecida na correspondência entre a alucinação e a criação literária: as alucinações motivadas, que sugerem um mecanismo controlável. No caso do artista, Flaubert diz acreditar que se trata de um mecanismo útil, já que as relações entre as imagens e a descrição parecem ser essenciais. Remoto o projeto abandonado de *A Espiral*, cujo personagem alucinaria de forma sistemática. Ainda com Boismont:

> *Tais tipos de alucinações (coexistência da razão e das alucinações) podem ser produzidas à vontade, seja fisicamente, seja intelectualmente.* Elas aparecem às vezes espontaneamente, sem que haja sinais de de-

---

cinations. Ou Histoire raisonnée des aparitions, des visions, des songes, de l'extase, du magnétisme et du somnabulisme, p. 31).
"Durante os dez últimos meses de 1790, narra o estudioso, tivera desgostos que me afetaram profundamente. O dr. Selle, que costumava tirar meu sangue duas vezes ao ano, julgava conveniente fazê-lo uma só vez naquela ocasião. Em 24 de fevereiro de 1791, após uma viva altercação, percebi de repente, a dez passos de distância, a figura de um morto [...]" (*idem*, p. 37).
22. *Idem*, p. 50.

sordem na organização; mas frequentemente também se devem a uma *disfunção do sistema circulatório e nervoso.*
[...]
A persistência das alucinações, apesar de sua natureza ser bem conhecida, pode determinar os acidentes mais graves, e até mesmo a morte[23].

Note-se a interessante relação entre as alucinações e a disfunção nervosa, que remete diretamente à alucinação construída para Emma Bovary. Ainda assim, não se pode pensar em uma espécie de deslocamento, já que não se sabe se Flaubert já havia lido Boismont quando do trabalho com *Madame Bovary* ou mesmo quando da escritura de *A Educação Sentimental*. O único dado certo é que este tratado foi relido em 1869, ou seja, depois da carta enviada a Taine.

Em um momento final, no qual Boismont tira conclusões a respeito dos casos estudados, relaciona a alucinação com a memória, ou melhor, uma disfunção da memória, o que remete outra vez à alucinação de Emma Bovary:

– A memória não tem um papel menos ativo nas *alucinações, porque elas costumam ser reminiscências, lembranças de sensações há muito depositadas no cérebro, relembradas pela lei muito bem conhecida da associação*, e às quais uma causa física ou moral confere toda a vivacidade das sensações atuais.
– Sua (das alucinações) origem deve ser atrelada ao esquecimento de duas grandes leis da humanidade, o conhecimento de Deus e de si mesmo; das quais nasceram o desejo pelo desconhecido, a necessidade de acreditar, o amor do maravilhoso, o ardor de conhecer, *a sede de emoções*, tantas fontes de alucinações[24].

Tal apanhado remete à noção de alucinação como mecanismo, como visto em uma das etapas iniciais da construção da cena alucinatória de Emma Bovary. Talvez seja essa ideia de mecanis-

---
23. *Idem*, p. 65.
24. *Idem*, pp. 444-445.

mo, bastante difundida na época, que faz com que se instale, na escritura, uma aparente possibilidade de controle. Essa ideia é, por outro lado, bastante análoga à visão que o escritor tem de seu próprio processo; penso especificamente em quando Flaubert menciona a "estranha mecânica" à sua correspondente Louise Colet[25]. Contudo, assim como a alucinação, a escritura adquire uma dinâmica bastante própria depois de configurado o *espaço escritural*, como propus antes da leitura dos manuscritos.

Maury é outra fonte importante da época. Lido mais tarde por Flaubert, e que relaciona os mecanismos alucinatórios com os do sonho, passando pelas disfunções sensoriais e pela memória:

> Assim, *a alucinação hipnagógica nos fornece uma espécie de embrião do sonho*. São os mesmo fenômenos objetivos, é quase o mesmo estado fisiológico; posto que lemos anteriormente que *o fluxo de sangue no cérebro, a excitação nervosa engendram as alucinações hipnagógicas*. Da mesma forma, se durante o sono a atonia das forças vitais, o adormecimento do sistema nervoso encontram uma espécie de antagonismo em uma disposição congestiva com a excitação, os sonhos tornam-se mais numerosos e mais frequentes. O enfraquecimento da atividade cerebral é contrabalançado pelo fluxo sanguíneo que tende a restabelecer o jogo das faculdades intelectuais.
>
> Daí a vivacidade das imagens na alucinação hipnagógica e no sonho, a potência da memória, e frequentemente até a reflexão[26].

Em obra crítica que propõe relações entre a arte e as alucinações, Torontese trata da importância das alucinações para a literatura do século XIX, mencionando a obra na qual Taine parte dos depoimentos de artistas para desenvolver teorias críticas acerca da inteligência e de suas relações com as artes:

---

25. "Quando meu romance estiver terminado, em um ano, levar-te-ei meu manuscrito completo por curiosidade. Verás por meio de que mecânica complicada consigo fazer uma frase" (Carta a Louise Colet, 15 de abril de 1852).
26. Alfred (Louis-Ferdinand) Maury, *Le sommeil et les rêves. Études psychologiques sur ces phénomènes et les divers états qui s'y rattachent*, Paris, Didier et cie, 1861, pp. 73-74.

Ele (Flaubert) coloca então uma equivalência que vai totalmente ao encontro da teoria de Taine. As imagens que se apresentam à mente, pelo trabalho da memória e da imaginação, se situam no mesmo plano do que aquelas imediatamente resultantes de uma sensação. Primeiramente, o escritor observa, depois retrabalha e transforma suas lembranças até torná-las irreconhecíveis, e é então que essas novas imagens se impõem em toda sua realidade, o que seria impossível negligenciar. "O que a realidade me ofereceu, escreve Flaubert, após pouco tempo não se distingue mais para mim dos embelezamentos ou modificações que lhe dei". O que significa que a imagem interna não nasceu de uma partenogênese intelectual: ela é o fruto de uma experiência, de uma abertura para o mundo. *Contudo, os dados conferidos pela abertura sensorial são apenas os materiais necessários para construir novas imagens, através de um trabalho de associação, de encadeamento, de transfiguração. Essas novas imagens não são apenas abstrações intelectuais, elas têm uma presença visível, elas são, à sua maneira, sensoriais.* É porque elas podem ser comparadas às primeiras, e ainda concorrer com elas, já que têm uma vida própria. [...] Um automatismo se instaura no desencadeamento da imagem interior. O que antes havia sido buscado em um esforço voluntário, retorna por si só. Esse automatismo é próprio da alucinação. Há então uma verdadeira alucinação literária, que acomete o romancista[27].

Contudo, parece vã a tentativa de conferir às alucinações do romancista um estatuto por demais preciso, anulando a possível abertura feita um pouco antes, em negrito, quanto ao trabalho de construção literária, restringindo-a à representação interna. Ao negligenciar o estatuto dessas supostas alucinações para o escritor, desloca-se o interesse para as relações das alucinações como mecanismo no funcionamento da escritura. Ou seja, a compreensão da alucinação como mecanismo de produção imagética pode ser vista como um mecanismo análogo à construção imagética flaubertiana em geral. Sem a preocupação estritamente conceitual, pode-se ler na alucinação, como já anunciado, a saturação de imagens, a confusão

---

27. Paulo Torontese, "Au delà de l'illusion: l'art sans lacunes", em: *Les arts de l'hallucination* (dir. Donata Pesenti Campagnoni e Paolo Torontese), Paris, Presses de la Sorbonne Nouvelle, 2001, pp. 38-39.

de tempos. Assim, questiona-se a própria função descritiva, a partir de sua construção.

Tal tipo de construção teria um caráter essencialmente inovador, já que permitiria uma construção de imagens para serem lidas, ao invés de imagens supostamente reproduzidas, de ordem ainda estritamente figural ou mesmo de estatuto puramente mimético da atividade psíquica. Em suma, ao ler as alucinações flaubertianas, tanto as selecionadas neste recorte como possivelmente todas as outras e notadamente as de *A Tentação de Santo Antão* como um todo, dirijo nossa atenção para a escritura, para o trabalho escritural implicado na construção dessas alucinações. Tal iniciativa permite, até mesmo, formular a hipótese, algumas vezes arriscada em público, de ler as construções alucinatórias, e o emprego de construções parece essencial, como o mecanismo que atravessa a própria atividade escritural a partir de relações entre as construções imagéticas e uma tensão temporal instaurada pelo uso do presente.

Alucinação, Imagem e Descrição

Busca-se compreender como as imagens inseridas nas alucinações selecionadas se relacionam com a construção das mesmas e, de forma metonímica, com o processo escritural cujos rastros são constituídos pelos manuscritos em questão.

Tomarei, como ponto de partida para esta reflexão, o estudo que Hamon[28] faz das relações entre imagem e literatura no século XIX. Inicio com as mudanças observadas no binômio imagem-literatura a partir do século XIX, mais especialmente devido ao surgimento de novos mecanismos de produção de imagens, além da popularização dos museus e exposições para contemplação das mesmas.

---

28. Philippe Hamon, *Imageries Littérature et image au XIXe. siècle*, Paris, José Corti-Essais, 2001.

Apresenta a questão da imagem para ler, para ser lida, da imagem na literatura em relação com a forma como esta apreende a ascendente fotografia. A fotografia aparece como a "câmara escura do cérebro", fazendo com que a literatura deixe de apresentar, em alguns campos como os cadernos de viagem, o papel de memória, de registro. Entretanto, a câmara escura capta, na verdade, uma imagem invertida, o que acaba justificando, por exemplo, a repulsa que Flaubert sentia com relação à fotografia[29], alegando que esta nunca mostrava o que de fato se vira. O problema repousa numa inversão criada pela lente, em uma reprodução do mecanismo de captação óptica humana, que o olho não controla. A lente acaba trabalhando como um apêndice deformatório do olho humano. Mesmo se sabemos que a mente registra uma pequena parte do que os olhos veem, a fotografia acaba nos colocando diante de outros elementos, daquilo que, de forma consciente ou não, não havia sido "percebido", ou mesmo construído, pelo olhar[30].

Posto que a escritura flaubertiana pretendia oferecer subsídios para a construção imagética, a substituição ou mesmo a complementação de uma descrição com uma fotografia, nas edições, acabaria fixando a atividade criadora de leitura. A fotografia, assim como a ilustração, teria que apresentar uma

---

29. "[...] não me envia teu retrato fotografado. Detesto as fotografias na mesma proporção em que gosto dos originais. Nunca as acho *verdadeiras*. Esse processo mecânico, sobretudo aplicado a ti, irritar-me-ia mais do que o provável prazer que me proporcionaria. Compreendes? Levo essa delicadeza ao extremo, porque jamais consentiria a que tirassem meu retrato em uma fotografia" (carta a Louise Colet, 14 de agosto, 1853). Na *Educação Sentimental,* nos lembramos do final do pintor: "Pellerin, depois de ter-se dedicado às doutrinas associacionistas de Fourier, à homeopatia, às práticas do espiritismo, à arte gótica e à pintura humanitária, tornara-se fotógrafo; e em todos os muros de Paris, era visto representado de preto, com um corpo minúsculo e uma cabeça enorme" (*Œuvres Complètes* Pléiade, t. 2, p. 454).

30. Esta proposta remete à teoria pulsional lacaniana. Lacan, ao tratar da pulsão escópica, sugere que a coisa vista não estaria nem no olho nem no olhar, mas circularia entre os dois. (Agradeço a didática explicação de Teresinha Meirelles Prado.) Haveria, então sempre algo para além do olhar e do olho, algo que articularia o que o olho não vê e o que o olhar não apreende.

interpretação, uma construção desse olhar e, portanto, uma leitura. Ao fixá-la, eliminaria a possibilidade de outras leituras, no caso mais específico das descrições espaciais. Paralelamente, como desenvolve Hamon, a pintura, que havia sido até então fonte constante de inspiração literária, e, portanto de diálogo, perde primazia:

> A imagem torna-se móvel e diversa. E o século XIX literário deve, por conseguinte, ser considerado como um perpétuo campo de batalha no qual se enfrentam sistemas e subsistemas de representação ao mesmo tempo complementares, solidários e concorrentes (a iconosfera contra a semiosfera, o positivo contra o negativo, o indicial contra o simbólico, o moldado contra o chapeado, o analógico contra o digital, o motivado contra o arbitrário, o industrial contra o artesanal, o popular contra o elitista, o privado contra o público, o "em escala" contra o "fora de escala" etc.), no lugar daquele monopólio progressivo e triunfante da única imagem pintada e em duas dimensões[31].

A literatura do século XIX passou a solicitar outro tipo de faculdades de seus leitores, talvez pelo tipo de relações que estabelece entre os diversos sistemas imagéticos. Coloca-se uma questão para a literatura: seria possível que o excesso de imagens, e a facilidade com a qual eram obtidas, pudesse levar a uma paralisação do imaginário? Percebemos que a questão da fixação do signo e, portanto, do significado, através do emprego de imagens reprodutíveis a torna uma das questões que assombram o fazer literário da época. A supervalorização da imagem faz com que a literatura, sentindo-se talvez ameaçada de desaparecimento, acabe inovando seu sistema de construção imagética.

Hamon, em seguida, aborda o "pessoal" empregado na literatura, caracterizado seja por uma inflação ou por uma deflação de potencialidades imaginativas. Tem-se o de tipo "deambulatório", ou ainda "ocular-espectacular", que parecem caracterizar o narrador flaubertiano, tal como teorizado por Genette

---

31. *Op. cit.*, pp. 18-19.

em seu estudo sobre o foco narrativo[32]. O que importa aqui é a hipertrofia do órgão ocular, que poderia ser melhor definida como uma hipertrofia do interesse pela imagem, do foco, e não simplesmente do órgão. Ou seja, passou a interessar mais o mecanismo do olhar, o mecanismo que rege a relação do homem com a imagem, não se tratando simplesmente de uma apologia do órgão nem da imagem. Hamon cita Balzac, Maupassant e Baudelaire como escritores cujos olhos seriam hipertrofiados. Os burgueses da época seriam assolados por um novo mercado de imagens que variam das exposições às reproduções que podiam ser compradas em qualquer esquina. É nesse contexto que Hamon lê a relação de Frédéric Moreau com a imagem na *Educação Sentimental*. O personagem somente conseguiria, segundo o crítico, pensar através da representação de imagens e compreender sua própria vida através de quadros mentais:

> Ele é ameaçado em sua imagem com relação ao outro, e ameaçado no exercício do seu imaginário e de sua imaginação, ameaçado de não passar de um "refletor" em um mundo de imagens e reflexos. Frédéric Moreau é apenas uma espécie de câmara óptica de armazenamento de "imagens" (tanto para ler como para ver), que fantasia sob a forma de projetos, ou os reproduz, e quase todas as suas aparições no romance se fazem sob o regime da iconoteca[33].

Vale ressaltar que a imagem da miopia não é original, já que, como outros artistas de sua época, Flaubert desenvolveu relações entre esse olhar e a atividade literária:

> Ainda não tão sonhador quanto se acha, eu sei ver e vejo como veem os míopes, até nos poros das coisas, porque enfiam o nariz nelas. Há em mim, literariamente falando, dois homens diferentes: um tomado pelas *gritarias*, pelo lirismo, pelos grandes voos de águia, por todas as sonoridades da frase e as cimas da ideia; um outro que escava e cava o

---

32. Gerard Genette, *Figures III*, Paris, Seuil, 1972.
33. Hamon, *op. cit.*, p. 24.

verdadeiro o máximo que pode, que gosta de acusar o pequeno fato tão fortemente quanto o grande, que gostaria de fazer-lhe sentir quase que *materialmente* as coisas que reproduz; este gosta de rir e encontra prazer nas animalidades do homem[34].

Entretanto, questiona-se acerca da possibilidade de inclusão da alucinação nesse modelo, ou se não seria justamente um mecanismo de evasão, de exceção, a atividade mental, que transita entre o onírico e o consciente, como uma das formas de exceção a essa regra limitadora porque exclusivamente reprodutora de modelos preexistentes.

Outra maneira de abordar a alucinação seria a partir de uma leitura metafórica dessa hipertrofia. Como sugere Willemart, em sua leitura de Proust, estaríamos diante de uma percepção aguda, que conferiria a essa hipertrofia uma dimensão metafórica, ultrapassando as limitações impostas pela atividade do órgão sensorial em si. Na narrativa proustiana, o narrador é invadido por elementos do passado que se acumulam diante de si, tornando a percepção rememorativa:

> Assistimos a uma verdadeira reconstrução do personagem, soma de todas as Albertinas encontradas que, sucedendo-se uma à outra, impedem o beijo final como se a figura entrevista ainda não fosse aquela em carne e osso que estava na sua frente. Tropeçamos de novo com o fenômeno da percepção. O herói vê multiplicarem-se os rostos de sua amante assim como as pessoas à beira da morte veem desfilar toda a sua vida. A recordação obsta à ação[35].

No caso proustiano, portanto, percebe-se que a sucessão avassaladora de imagens vem construir, como sugere o crítico, uma percepção hipertrofiada, que não teria uma relação causal com o órgão sensorial em si. Tal hipertrofia seria então meta-

---

34. Carta a Louise Colet, 16 de janeiro de 1852).
35. Philippe Willemart, *Educação Sentimental em Proust*, Cotia (SP), Ateliê Editorial, 2002, p. 120.

fórica e sua função acabaria sendo, claramente, a de articular, entre outras metáforas desenvolvidas na narrativa proustiana, a tríade tempo/experiência/narrativa. Conhece-se, por sinal, a importância da construção de metáforas para o *scriptor* proustiano, que lhes atribuía a configuração do verdadeiro estilo, da originalidade. Alegava, ainda, estarem as metáforas completamente ausentes da narrativa flaubertiana.

No recorte aqui apresentado, observa-se tanto uma hipertrofia física, ou do órgão propriamente dito, como metafórica. A hipertrofia metaforizada pela alucinação de Emma, invadida pelas lembranças que se sucedem num movimento muito parecido ao descrito anteriormente por Willemart, constitui uma espécie de disfunção. Não é objetivo da narrativa o resgate de uma memória e sua relação com as ações dos personagens na narrativa. Aproximo-me aqui da teoria bergsoniana de memória, que estaria, entre outros, determinada pela "duração" [*durée*] individual. A intensidade das experiências, e a forma como as mesmas são percebidas, faz com que a percepção de tempo atrelada à experiência varie individualmente. No caso de ambas as alucinações analisadas, há conflitos de ordem temporal entre passado e presente, para Emma, e presente e futuro, para Frédéric. Em ambos os casos, a construção alucinatória é feita de sorte que se produza uma espécie de pausa temporal, uma suspensão. Seria justamente essa suspensão, resultante do uso inovador do imperfeito, que contribuiria para o estabelecimento de um silêncio, de um vazio, na leitura. Esse vazio cria, para Chessex, um abismo:

> O imperfeito é então o tempo universal, o tempo capaz ao mesmo tempo de paralisar o caráter morno da eternidade, de fixar a tristeza das coisas e das pessoas, de sobrecarregar e de tornar insuportável o próprio desdobramento do Tempo: o esvaziamento, o desenrolar da duração, não mais do tempo passado, o que seria relativamente simples, mas o tempo passando – o tempo que não pára de passar em um *eternamente* sem começo nem fim.
>
> [...] No encerramento do imperfeito, *era* equivale a *é assim*[36].

---

36. Jacques Chessex, *Flaubert ou le désert en abîme*, Paris, Bernard Grasset, 1991.

É justamente nesse tratamento do tempo, no efeito temporal resultante do emprego inusitado do imperfeito, que me distancio da teoria bergsoniana. Não se trata de reproduzir uma duração pessoal, psicológica, mas de instaurar um tempo que faça a descrição pairar, deslocando a duração para o ato de leitura.

Emma alucina porque está completamente descontrolada, nem sequer se lembra do motivo que a levara até aquele local, fora humilhada e sofria por amor. O acúmulo de imagens, percebidas visualmente, reforça o descontrole e revela, ou permite que o personagem aceda a uma espécie de verdade. Se este caso permite pensar uma filiação de Proust com relação a Flaubert, como sugeriu Willemart[37], o mesmo não se aplica à alucinação de Frédéric aqui apresentada. É claro que o jogo com o tempo existe, mas neste caso, e justamente por ser prospectiva, a alucinação adquire uma dimensão imagética ainda mais forte. Observou-se, anteriormente, o emprego de palavras como *mobiliar* e como articulavam elementos descritivos. A alucinação de Frédéric, mesmo se não parte do olhar, configura-se de maneira imagética, como se o personagem estivesse diante de um filme mental. A filiação sugerida poderia ser sustentada pelo tratamento metafórico dessa hipertrofia. Na verdade, nem tanto de uma hipertrofia do olhar ou da percepção, mas um tratamento literário visto acima acerca da importância que o tratamento de imagens adquire a partir da segunda metade do século XIX.

Hamon sugere, ainda, uma espécie de tipologia das imagens, que julgo ser por demais redutora para esta finalidade. Contudo, ao desenvolver sua tipologia, sugere que as construções imagéticas revelariam uma espécie de movimento mimético da vida. Assim, as imagens chamadas por ele de "chatas", ou "achatadas", mimetizariam uma vida vazia de sentido. A sucessão de imagens, portanto, serviria para o preenchimento desse vazio.

---

37. Philippe Willemart, *Educação Sentimental em Proust*, Cotia (SP), Ateliê Editorial, 2002, p. 120.

Tal escolha classificatória mostra-se relevante se vista sob um ângulo didático, já que chama a atenção do leitor especializado para uma espécie de nova estrutura do romance do século XIX. Entretanto, não deixa de lado a busca por um caminho teórico que ajude o crítico a oferecer um sentido mais "acertado" para a leitura e/ou interpretação literária, incorrendo, necessariamente, em uma redução.

A leitura dos manuscritos revela que a construção imagética, atrelada à atividade alucinatória do personagem Frédéric Moreau, poderia ser vista como um contraponto à tipologia apresentada por Hamon. Ao sugerir que a atividade alucinatória denotaria uma tentativa de mimetização da atividade escritural, este tipo de imagem poderia representar uma saída para a literatura, diante da crescente banalização da imagem. Não é por acaso que Frédéric Moreau representa uma geração mal sucedida. Seus momentos de não lucidez, e aqui se incluem os devaneios e as alucinações, são a única saída para seus ciclos de banalidade. Enquanto se relaciona e leva sua vida comum, Frédéric é caracterizado como totalmente incapaz de criar. Analisou-se, no capítulo anterior, que lhe faltava a imaginação necessária para a criação artística. Imaginação que remete a imagem, imaginar. A construção de imagens para serem lidas é uma das condições para a literatura flaubertiana:

> A imagem, ou o sentimento bem claro na cabeça, leva a palavra ao papel. Um escorre do outro. 'O que concebemos bem, etc.' Eu o releio neste momento, esse velho pai Boileau, ou melhor, reli-o inteiro (agora me dedico a suas obras em prosa). Era um mestre homem e sobretudo um grande escritor, bem mais do que um poeta[38].

O crítico desenvolve ainda, de forma interessante, as relações entre o excesso, a acumulação de imagens e seu efeito de impossibilidade icônica, ou seja, de representação da própria imagem:

---

38. Carta a Louise Colet, 30 de setembro de 1853.

As paisagens literárias do século XIX às vezes parecem não passar de uma combinação, uma justaposição ou uma imbricação de caixas e de quartos impressionáveis abarrotados de objetos figurativos que declinam todas as possibilidades icônicas – imagens, impressões, simulacros em três dimensões – a partir das quais olhamos ou no interior das quais olhamos as imagens mais ou menos analógicas, ou negativas, ou sonhadas, ou alucinadas, que reproduzem aquelas do mundo exterior[39].

No século XIX, quando se fala em "olhar", "observar", "contemplar" imagens, remete-se, de forma quase que direta, a uma das grandes atividades da época: as visitas aos museus. Os museus levantam as questões de exposição e de um ato importantíssimo para este desenvolvimento: o passeio através das imagens.

A *ekphrasis* (a descrição das obras de arte) está aqui a serviço de uma automimese (as representações figurativas representadas na ficção representam algo do próprio romance) e de uma etopeia indireta (retrato moral) dos personagens (os personagens de "olhadores" se definem por sua competência ou sua incompetência para olhar).

Em tais face-a-faces, nesses passeios nos museus que balizam tantos romances, são as assonâncias e dissonâncias irônicas (entre as imagens justapostas sobre as paredes do museu por um lado, constituindo geralmente um disparate, ou por outro lado entre as imagens vistas e as imagens mentais, elas mesmas disparates ou em harmonia, por outro lado daquele que olha), assim como de uma certa desrealização generalizada, que forma o núcleo estável da narrativa. Frédéric, o herói de Flaubert, não para de atravessar museus e lugares de imagens mentais que são apenas uma coleção de clichês românticos, quer ele visite um jardim-museu, o Louvre ou um castelo-museu[40].

Essa questão da exposição sugere uma construção de um ponto de vista narrativo diferente, o que nos remete ao narrador deambulatório descrito por Genette. Os elementos da narrativa são descritos como quadros, cada um como uma unidade de

---

39. Hamon, *op. cit.*, p. 57.
40. *Idem*, pp. 88-89.

sentido, o que conhecemos hoje como "cena". Em Flaubert esse tipo de construção, além de ser bastante característica, operou mudanças em sua própria atividade escritural. Lembro que a observação de um quadro o fez "sonhar" a obra de sua vida, a *Tentação de Santo Antão*:

> É a obra da minha vida, já que a primeira ideia a respeito me ocorreu em 1845, em Gênova, diante de um quadro de Breughel e desde então não parei de sonhar com ela e de fazer leituras correlatas[41].

Pode-se ler, de forma bastante clara nos manuscritos, como o romance vai sendo trabalhado por episódios. Os quadros vão sendo primeiramente esboçados, preenchidos, e até mesmo saturados, por toda espécie de detalhes, para, finalmente, receberem retoques exclusivamente formais, a tonalidade certa. Bento, ao analisar a construção da personagem Félicité em "Un Cœur simple", fala em hipérbole, "o excesso – seja através das repetições do léxico, da repetição da escritura que se retoma nas sucessivas etapas, seja nas caracterizações da personagem ou nos detalhes" que apontaria para uma elipse, "aproximando disparidades [...], reafirmando uma particularidade da lógica dos manuscritos"[42]. Cada cena, ou episódio construído não vem acompanhado de uma descrição de seu lugar a título de pano de fundo. O que o leitor pode observar é que cada elemento constitutivo da cena, cada detalhe, pode ser o revelador de um universo descritivo móvel, uma brecha que acaba ampliando o campo imagético do personagem, da narrativa e até mesmo do leitor. As imagens, através de construções descritivas, perdem o estatuto hierarquicamente subsidiário para se tornarem brechas, elementos nem sempre bem resolvidos que pedem uma leitura mais participativa, disposta a construir mentalmente o que acaba de ser lido. Aprofundando a questão da *ekphrasis*, ao

---

41. Carta a Srta. Leroyer de Chantepie, 5 de junho de 1872.
42. Conceição Aparecida Bento, *"Un Cœur simple": Um Estudo Genético*, p. 117.

contrário do que sugere Hamon, não parece tratar-se, em Flaubert, de simples introdução de um mecanismo, de um registro semiótico diferente. A presença da obra de arte em seu contexto museológico se dá no nível estrutural. Haveria algo relacionado com a própria recepção da obra de arte, na maneira de passear pelo museu e ver obra por obra ou, ao sair, construir aquele amontoado de imagens ainda não muito assimiladas e acumuladas, que acabaria por interferir na produção literária. No caso de Flaubert, é possível afirmar que tal movimento dar-se-ia através de uma espécie de permeabilidade, e neste caso não discursiva como anteriormente, mas semiótica. Voltando à atividade do receptor no museu, a escritura se articularia no intervalo entre a impressão que se cria do quadro como um todo e aquele detalhe que salta aos olhos e acaba desviando o olhar, tornando-o míope, obrigando o receptor a se aproximar, a guardar o detalhe.

Esses interiores abarrotados de imagens constituem então variantes desses outros lugares de imagens, que são o ateliê e o Museu, e são então tanto "lugares teóricos" nos quais a literatura se questiona, indiretamente, obliquamente, ironicamente, através de imagens interpostas, sobre ela mesma, independente da escola à qual pertença o escritor. Toda imagem evocada é, efetivamente, ficção em segundo grau, ficção dentro da ficção, ficção até mesmo em terceiro grau quando a imagem representada representa uma história literária[43].

Finalmente, percebe-se, a partir da leitura dos manuscritos, que a construção preferida pelo *scriptor* flaubertiano, para a circulação de imagens e para esse diálogo com o sistema semiótico implicado em sua produção, é a descrição. Entretanto, como se depreende pelo início desta parte, não se está mais no sistema descritivo baseado na retórica, mas num uso da descrição que acaba por reinventá-la. Pode-se ler no *corpus* aqui selecionado um sistema descritivo que subverte não só os tempos verbais tradicionalmente empregados, como sua própria fun-

---

43. Philippe Hamon, *Imageries. Littérature et image au XIXe siècle*, p. 102.

ção. As imagens alucinatórias aqui incluídas são descritas em pleno movimento e não servem para elucidar nenhuma esfera contextual da narrativa. Não se trata de pausa temporal, o que acaba conferindo-lhes, entre outras, a função de multiplicar as potencialidades de leitura do próprio romance.

A descrição pareceria então solicitar mais especificamente o saber, ou seja, a memória do leitor (daí suas ligações privilegiadas com os *topoi*, bases mnemônicas institucionalizadas do escritor), memória específica focalizada no nível estilístico (o léxico e suas "séries") do texto. [...] a descrição, na verdade, é sempre o lugar de inscrição de pressupostos do texto, o lugar no qual o texto, por um lado, se encadeia ao já-lido enciclopédico ou aos arquivos de uma sociedade, o lugar no qual estão, por outro lado, dispostos os indícios que o leitor deverá manter na memória para sua leitura posterior. A descrição [...] é a memória do texto, é sempre, mais ou menos, "memorandum" ou "memento"[44].

Tal não pode ser considerado o uso que Flaubert faz da descrição nos trechos alucinatórios. Mesmo se em seus romances o leitor se depara, diria constantemente, com essa descrição informativa, que visa constituir uma memória do texto, seja de forma prospectiva ou retrospectiva, os trechos alucinatórios parecem constituir momentos privilegiados para a desestruturação de dita técnica. O que durante anos me fez relacionar, tematicamente, os trechos alucinatórios a uma espécie de reflexão acerca da memória encontra, na confrontação das questões que envolvem a imagem e a descrição, novas dimensões. A memória ainda está presente. Contudo, a descrição falsamente retrospectiva da alucinação de Emma e, por outro lado, a descrição prospectiva da alucinação de Frédéric Moreau parecem referir-se à descrição propriamente dita, enquanto elemento técnico e estilístico do romance. Em ambos os casos, a descrição acaba conferindo elementos de memória aos personagens e não ao texto em si, ou ao arcabouço relacio-

44. *Idem*, p. 42.

nal do leitor. Trata-se de um efeito de leitura da descrição que me levou a pensar ambos os personagens como meros leitores de um romance cujo final desconhecem, posto que geralmente são personagens meramente observadores. Dessa forma, estariam representados, nesses personagens, tipos de leitores – no geral representados de forma irônica, já que o leitor ideal de Flaubert parece estar sempre mais próximo do narrador que se manifesta nos momentos de construção do discurso indireto livre, atravessando os personagens.

Entretanto, não se trata de cair em equívocos simplificadores. Não se deve pensar em tal articulação como uma simples *mise en abîme*[45]. A articulação passa por um efeito de leitura não só do texto, como de suas relações com os manuscritos aqui selecionados e sobretudo com os vazios criados por essa relação. Não se trata, ainda, de preencher espaços interpretativos aparentemente vazios, mas de expressar os efeitos teóricos e de leitura "intervalar" dos manuscritos de um ponto de vista crítico.

Ao descartar a questão da *mise en abîme*, rejeito igualmente a possibilidade de uma estrita mimese do processo descritivo. Por outro lado, sugiro que se pense em uma inovação descritiva a partir do próprio uso da descrição, o que, e agora em perspectiva, permitiria pensar as alucinações como detalhes textuais privilegiados para um questionamento da escritura a partir de uma leitura do *scriptor*, cujos rastros parecem se delinear de forma privilegiada nos manuscritos.

Contudo, pode-se evocar, ainda, além das antigas funções retóricas atribuídas à descrição, elementos constitutivos de seu procedimento. O trabalho de Hamon sobre o *descritivo*, termo mais interessante do que "descrição" por abranger mais do que sua forma romanesca, trata também das relações de intertextualidade que a descrição oferece ao leitor e ao *scriptor*:

---

45. Noção formalizada, em literatura, por André Gide em *Journal 1889-1939*, Paris, Pléiade, pp. 40-41. Aludo aqui à possibilidade de se pensar uma descrição dentro de outra descrição, como um romance que trata da construção de um romance.

Notemos primeiramente que um saber (de palavras, de coisas) é não apenas um texto já conhecido, mas também um texto já escrito alhures, e a descrição pode então ser sempre considerada, pouco ou muito, como o lugar de uma reescritura, como um operador de intertextualidade; *describere*, lembremo-no, etimologicamente, é escrever *a partir* de um modelo. Essa operação de intertextualidade pode interferir entre textos desconexos de produtores diferentes [...], como entre os textos desconexos do mesmo produtor, de acordo com um método e com protocolos de escritura, datados mas disseminados universalmente [...]. Isso reitera então a oposição ideológica entre a narrativa (imaginação) e a descrição (o saber) e ainda, no interior da descrição, entre um saber previamente registrado pelo estudo da natureza, e sua *posterior* reescritura. A operação de intertextualidade é então dupla, sendo que a *reescritura* opera no interior de uma mesma escritura, e de uma escritura a uma outra escritura; mas as suturas e as marcas desse duplo enxerto de texto devem ser suprimidas e apagadas ao máximo (no texto legível-referencial-clássico), o chamado ao reconhecimento, por parte do leitor, dos campos lexicais atualizados se deve fazer com base no desconhecimento de sua origem textual, do fato que foram recopiados duas vezes (a partir de um outro texto; a partir do dossiê preparatório do autor).

Retomo, mais detidamente, a questão da oposição entre saber e imaginação, como correlatos de narrativa e descrição. O saber implicado na descrição, como ponto de partida para se pensar uma intertextualidade, não necessariamente fica restrito ao saber de coisas e palavras, sugerido por Hamon. O crítico sugere que esse saber seria construído, pelo menos no tocante à literatura do século XIX, através de processos de observação. Assim, sugere que a descrição sempre seria desenvolvida após a observação, da natureza por exemplo, ou a leitura. Além disso as partes descritivas seriam desenvolvidas antes das partes narrativas, estas "encaixadas" posteriormente.

Ora, a questão do saber associada à reescritura pode ser mais aprofundada se levada em consideração a permeabilidade discursiva e intersemiótica à qual aludi. Esse "saber" resultante da reescritura parece ser, no âmbito do recorte aqui efetuado pelo menos, o que articula as relações narrativo-descritivas, fazendo com que seus limites fiquem paulatinamente menos claros – o que será levado ao extremo pela literatura essencialmente descritiva de Perec, por exemplo[46]. Se penso no que Borges propõe com *Pierre Ménard*, para não entrar nos detalhes do *Livro* de Mallarmé, o saber que resulta da reescritura é total e sempre subversivo. Ao reescrever o *Quixote*, Ménard escreve outra obra, completamente diferente, principalmente se levados em consideração seus receptores e momento de recepção. No mesmo sentido, retomo a proposta de Foucault para a leitura de *A Tentação de Santo Antão*, que evoca uma biblioteca em chamas, uma literatura que, ao mesmo tempo em que se alimenta de si mesma, se autoquestiona. A reescritura então implicaria a leitura de signos diversos: quadros, livros pertencentes a outras áreas do conhecimento, música, literatura, memória.

As listas de adjetivos e o acúmulo de imagens, característicos da descrição essencialmente flaubertiana, encontram-se presentes também no desenvolvimento imagético das alucinações. Contudo, não formam pausas tradicionalmente descritivas, já que vêm acompanhados da experimentação de tempos verbais, que caracterizam a narrativa, e de uma não vinculação à mesma. Assim, por constituírem momentos, ou espaços escriturais, que articulam polos bem determinados e de fácil reconhecimento por parte do leitor, as alucinações metaforizam uma explosão da literatura e da leitura. Uma leitura que, acompanhada pelos saltos temporais que os manuscritos obrigam a efetuar, se centraliza no procedimento, na escritura, e não em sua reconstituição. Efetivamente, as relações intersemióticas que se podem atribuir aos jogos de escritura presentes, por exemplo, nas alucinações, pressupõem inícios variados e não necessariamente contemporâneos à redação, justificando minha falta de interesse por uma trajetória *exclusivamente* cronológica ou *cronologizante*.

---

46. Penso tanto na construção de *A Vida Modo de Usar*, como o essencialmente descritivo *Les choses*.

Conclusão

Retomo, primeiramente, a questão estrutural deste livro: sua construção. Construí um texto que, de certa forma, refletisse os elementos que constituíam seu objeto de análise: as alucinações. Como se desprende da leitura que relaciona os manuscritos com as versões publicadas, estas apresentaram, ao mesmo tempo, características rememorativas – como uma memória em descompasso com a experiência do presente – e prospectivas – um futuro que invadiria a experiência presente. Esse movimento temporal implicado na construção das alucinações, assim como sua relação com as imagens que lhe são atribuídas – como a alucinação cilíndrica –, permitiu-me relacionar a espiral com uma tentativa de compreensão da escritura flaubertiana. Os elementos que se alternaram na dinâmica dessa espiral foram a leitura do detalhe, sua repetição e seu deslocamento.

Nessa lógica, propus um primeiro capítulo que, além de situar o leitor, o preparasse para a leitura dos manuscritos de forma menos brusca do que representaria o contato direto com os mesmos. O segundo capítulo, portanto, consistiu na leitura do detalhe propriamente dito, representado pelo recorte aqui proposto, e de sua repetição. Nesse capítulo, o leitor pode entrar em contato, de forma bastante pontual, com diversos espaços escriturais implicados na criação flaubertiana: cadernos, roteiros, planos e rascunhos. Finalmente, no terceiro capítulo, desloquei a repetição das alucinações de forma teórica, dialogando tanto com a crítica literária como com a crítica genética a partir das relações entre imagem e descrição.

Na primeira parte, mais detalhadamente, desenvolveu-se a questão da permeabilidade como uma possibilidade da leitura do intervalo produzido pelo binômio alucinação/escritura. Apontei para o princípio da permeabilidade discursiva entre a literatura e a produção médica da época: as nosografias, os estudos de casos, os relatos autobiográficos dos alucinados. Em seguida, elenquei as diversas leituras médicas feitas por Flaubert, a fim de chamar a atenção do leitor para certas temáticas e estruturas sintáticas posteriormente observadas na narrativa flaubertiana, e que adquiririam outros contornos. O objetivo dessa primeira abordagem da alucinação, que encontrou outro viés no terceiro capítulo, é de se compreenderem as bases discursivas das quais Flaubert acaba se distanciando. Pude observar que ainda que o *scriptor* empregue uma construção léxica como *de repente* para fazer desencadear a alucinação, ou que manipule elementos da sintomatologia relacionada às alucinações encontrados em suas leituras, o surgimento desse fenômeno na narrativa, relacionado com a construção dos personagens e das descrições, não permite pensar em uma simples reprodução do discurso médico, nem em um efeito irônico – pelo menos não nos casos analisados. Essas pesquisas pontuais e especializadas constituem, portanto, uma base discursiva, como uma base de dados, que acaba sendo manipulada pelo *scriptor* para a produção de outros sentidos, excluído o caráter meramente ilustrativo. Aponto, ainda, para algumas repetições, tanto lexicais como sintáticas, que permitiram pensar os deslocamentos posteriormente propostos.

Em um segundo momento, apresentei a forma como a crítica costuma abordar a escritura flaubertiana. Comecei pela dimensão que Barthes dá ao termo escritura, no sentido de uma odisseia da escrita literária, para depois chegar à questão da frase. Ao evocar a questão da odisseia, desenvolvi uma reflexão acerca da narrativa dessa aventura escritural. Os traços dessa empreitada, plasmados nos manuscritos, permitiram uma leitura não só de outras dimensões do texto, mas também de suas virtualidades, a partir dos caminhos abandonados ou excluídos representados pelas rasuras. Barthes anuncia uma frase insaturável, proposição que remete a uma subversão das relações entre forma e conteúdo no romance do século XIX. A frase insaturável resulta da busca pela palavra certa, a mais adequada, a palavra insubstituível. A odisseia flaubertiana estaria marcada pelo embate permanente entre uma busca pela liberdade de construção e a limitação imposta pela busca da expressão mais acertada. Esta expressão não se resumiria, entretanto na busca lexical, mas também na busca gramatical, sintática, como se conclui da leitura que Proust faz de *A Educação Sentimental*.

A questão da frase retorna incessantemente, como se constituísse característica única da escritura flaubertiana. A frase que luta contra a limitação e o sentido já gasto das fórmulas repetidas, preconcebidas e que ainda assim não consegue se impedir de empregá-las. Essa repetição de fórmulas, no entanto, se dá sempre no âmbito das possibilidades da espiral, e cria um lugar de contato novo, a partir da usura do lugar antigo. A escritura flaubertiana entendeu, cedo, que a repetição é uma das possibilidades de deslocamento de sentido e de efeito. Ao compor um dicionário de lugares-comuns, por exemplo, percebe que o resultado da escolha dos verbetes e dos textos que compõem suas respectivas acepções cria um efeito irônico que questiona não só as ideias representadas pelos verbetes, mas também o próprio conceito implicado na confecção daquele tipo de dicionário. Sob o aspecto estrutural, a repetição acaba por esvaziar a estrutura repetida para questioná-la. É o que se observa, por exemplo, na construção dos romances aqui citados, que ao repetirem fórmulas herdadas do romantismo ou estruturas de representação herdadas de Balzac ou Stendhal, acabam questionando a própria estrutura romanesca. Na leitura aqui apresentada, ative-me às relações entre imagem e descrição, como desenvolvidas no capítulo final.

No mesmo sentido, de certa forma, e apesar do viés radicalmente diferente de Blanchot, a linguagem de que o escritor não seria consciente, seria o resultado do labor implicado na busca pela palavra certeira, indispensável, certa. Essa busca, apontada como caracterizadora do espaço narrativo, seria, segundo o crítico, bastante paradoxal. Comparando as teorizações construídas por Flaubert em sua correspondência com a frase tal como é dada a ler nos romances, Blanchot desenvolve o problema apresentado pela busca lexical de Flaubert em sua relação com a estrutura romanesca. Situei-o, mais uma vez, nos limites entre o exercício da liberdade criadora de combinações e as restrições impostas pela linguagem através da qual somos falados, como sugere Lacan. Contudo, para Blanchot, o excesso produzido por essa busca particularmente obstinada de Flaubert revelaria um excesso de formas disponíveis, ao contrário do que alegava Flaubert. A repetição implicaria um silêncio, tanto como efeito de leitura como no interior da própria narrativa. A leitura da alucinação e das estruturas às quais remete levou-me a deslocar os elementos silenciadores, os excessos, as repetições como forma de compreensão de mecanismos escriturais.

Repetição. Eis a característica que, como desenvolve Foucault acerca da empreitada de *A Tentação de Santo Antão*, cria, articulada pela escritura, o efeito de biblioteca. Esse efeito pressupõe uma escritura que se alimenta não só de outros discursos, ou seja, do uso particular que cada campo do saber faz da linguagem, mas da própria literatura. A escritura flaubertiana, pela leitura da repetição, adquire contornos de circularidade, para deslocar sempre o sentido e a função do que é repetido. Essa repetição exige, finalmente, uma leitura que não se basta na própria obra, que remete às diversas obras implicadas na alimentação da escritura em questão, eis a ilusão da leitura infinita. Leitura de virtualidades baseada em uma escritura de virtualidades, que tenta incorporar todas as escrituras a partir do deslocamento da repetição e da valorização da linguagem.

Depois de apontadas as questões que cercam a escritura flaubertiana, dediquei-me à apresentação de alguns dos pressupostos teóricos desta tese. Assim, apresentei, primeiramente, a questão do interesse pelo detalhe, a partir da leitura de Spitzer e Auerbach, e sua relevância para a abordagem da obra flaubertiana, que descarta a busca por uma função, seja ela literária ou social, que complete o círculo hermenêutico. Isso porque o interesse do viés repousou na possibilidade de leitura da escritura, da criação de uma odisseia escritural.

Ainda, a fim de organizar as bases teóricas desta leitura, propus um diálogo entre algumas questões da crítica literária e da crítica genética, outro componente essencial para a construção deste viés. Retomei os questionamentos acerca da escritura a partir das relações com o tempo. Apontei como uma corrente crítica relaciona os manuscritos com a uma possível leitura da enunciação, um tempo presente. Contudo, ainda que Claude Simon dê pistas, confirmadas pelos manuscritos apresentados, de que só é possível pensar a escritura em um tempo presente, os documentos de processo dos escritores não são capazes de restabelecer esse presente. Os manuscritos não deixam de ser rastros do que já foi um presente enunciativo, se assim o quiserem os linguistas, da constituição de uma escritura que vai se fazendo aos poucos. Restam, apenas, as rasuras e as hipóteses de organização desses rastros. Alguns críticos, como visto, insistem em uma busca estritamente cronológica da construção da obra através da reorganização também cronológica dos manuscritos. Outros, ainda, propõem leituras desses rastros, seja a partir do diálogo com outros campos do saber, seja a partir de um diálogo com a própria literatura e suas teorias.

Optei por ler esses traços em um tempo presente da atividade crítica, que acaba, ao longo do seu exercício, criando uma memória escritural. As rasuras, os saltos temporais entre espaços escriturais, versões e leituras são os elementos escolhidos para criar essa ficção da escritura que não pretende, no entanto, reencontrar o primeiro traço. Quis praticar a leitura infinita sugerida por Borges a partir da prática da escrita em espiral que estruturou este desenvolvimento, a partir da repetição de elementos constituintes do ponto de partida teórico, como a alucinação e a teoria do detalhe, passando pelas repetições no interior do texto flaubertiano, para chegar ao deslocamento dos primeiros elementos.

Defini, assim, um lugar com relação à crítica literária, assim como à crítica genética: ler os manuscritos paralelamente ao texto publicado para escapar da especialidade, da simples vantagem documental com relação ao leitor que não teria acesso aos manuscritos. Ler o detalhe para reler a obra, e não visando à compreensão geral da mesma. Ler o parágrafo em oscilação temporal para tentar criar uma ficção acerca da incursão pela linguagem, dessa odisseia literária que é a escritura flaubertiana.

No decorrer da leitura dos manuscritos propriamente ditos, ponto de partida desta tese, mimetizei a explosão dos artifícios que compõem a alucinação na estrutura de análise. Percorri, ainda que o volumoso *corpus* pareça apontar para o contrário, o equivalente a poucos parágrafos de texto publicado. Tentei abrir algumas das janelas que, como resultantes de um efeito de *trompe l'œil* provocado pela opacidade da escritura flaubertiana, insistem em passar despercebidas quando da leitura da versão publicada. A partir das escolhas aqui reunidas, aponto para uma parte do vasto universo de retroalimentação pelo qual passa a escritura flaubertiana em sua odisseia escritural. Na biblioteca intraflaubertiana cada trecho pode explodir em mil peças, para retomar os fogos, relacionando-se com ele mesmo e com os demais, ao invés de queimar, como propõe Foucault. Abracei como minha essa vontade que Flaubert tinha de poder ler seus manuscritos de um só golpe de vista, prefigurando uma hoje possível leitura hipertextual. Este talvez tivesse sido o formato ideal deste trabalho.

Finalmente, tomei a repetição do detalhe, no caso representado pelas alucinações constituintes do *corpus*, para deslocá-la de forma teórica. Primeiramente, pensei a configuração temática das alucinações para além do discurso médico da época. Esse distanciamento leva à retomada da escritura para um deslocamento da representação, mesmo se deixa de lado a questão da representação romanesca. Assim, a leitura da alucinação, construída a partir da questão da imagem, se coloca para além do representável. No mesmo sentido estaria o outro viés possível para a leitura desse recorte: a descrição. Sua saturação, função romanesca contestável e emprego particular de tempos verbais alheios a essa prática, também a colocam para além da representação. Dessa forma, o resto, o fio que uniria as pérolas do colar de que Flaubert fala a Louise Colet na correspondência, estaria constituído apenas de escritura. A escritura articularia todos esses intervalos advindos dos deslocamentos provocados pela repetição flaubertiana. Quanto à recorrente repetição, abandonei as relações entre sua temporalidade enunciativa e a temporalidade ligada à recorrência, portanto entre o ato e a memória.

São muitas as questões não resolvidas, as partes suprimidas, os pontos não desenvolvidos. A memória que paira neste trabalho só é possível aqui, em uma tentativa delirante de refazer os passos aparentemente recém-dados, já que o texto é lido linearmente, mas que têm sua origem em anos passados. Assim como quando iniciou a empreitada interminável, através de seus copistas Bouvard e Pécuchet, sabia que esta seria uma empresa inacabável, pelo que retorno à cópia:

> Por que não nos contentamos com o objetivo que nos é submetido? Ele vale outro. Poucas tentativas foram mais férteis do que encarar as coisas com imparcialidade. A inépcia consiste em querer concluir. Nós nos dizemos: mas nossa base não é fixa; qual dos dois estará certo? Eu vejo um passado em ruínas e um futuro em germe; um deles é velho demais, o outro é jovem demais. Tudo está confuso. Mas é não compreender o crepúsculo é querer somente meio-dia ou meia-noite. Que nos importa como será o amanhã?[1]

---

1. Carta a Louis Bouilhet. Damasco, 4 de setembro de 1850.

Bibliografia

GUSTAVE FLAUBERT

Œuvres Complètes. Paris, Gallimard – Pléiade, 1952.
Les mémoires d'un fou. Novembre. Pyrénées-Corse. Voyage en Italie. Claudine Gothot-Mersch (org.). Paris, Folio-Classique/Gallimard, 2001.

MANUSCRITOS EDITADOS

Carnets de Travail. Paris, Balland, 1988. (Ed. estabelecida por Pierre-Marc de Biasi)
Plans et scénarios de Madame Bovary. Gustave Flaubert. Présentation, transcription et notes par Yvan Leclerc. Paris, CNRS-Zulma, 1995.
BONACCORSO, Giovanni. *Corpus Flaubetianum I. "Un Cœur simple"*. Paris, Les Belles Lettres, 1983; *Corpus Flaubertianum II. "Hérodias"*. Paris, Nizet, 1991.

SOBRE FLAUBERT

ADERT, Laurent. *Les mots des autres (Lieu commun et création romanesque dans les oeuvres de Gustave Flaubert, Nathalie Sarraute et Robert Pinget)*. Paris, Septentrion, 1996.

Bardèche, Maurice. *L'oeuvre de Flaubert*. Paris, Les sept Couleurs, 1974.

Barnes, Julian. *O Papagaio de Flaubert*. Rio de Janeiro, Rocco, 1988 (1984). [Trad. Manoel Paulo Ferreira.]

Beaudelaire, Charles. "Madame Bovary". *L'Art Romantique*, Paris, 1968.

Bento, Conceição Aparecida. *"Un Cœur simple": Um Estudo Genético*. Dissertação de mestrado defendida na FFLCH-USP, em 1999 (inédita).

Biasi, Pierre-Marc de. *Flaubert. Les secrets de "l'homme-plume"*. Paris, Hachette, 1995.

_____. (org.). "Dossier Flaubert". *Magazine Littéraire*, 401, sept. 2001.

Blanchot, Maurice. "Le problème de Wittgenstein". *L'Entretien Infini*. Paris, Gallimard – NRF, 1969, pp. 487-497.

Chessex, Jacques. *Flaubert ou le désert en abîme*. Paris, Bernard Grasset, 1991.

Daunais, Isabelle. *Flaubert et la scénographie romanesque*. Paris, Nizet, 1993.

D'Aurevilly, J. Barbey. *Le roman contemporain*. Paris, Alphonse Lemerre, 1902.

Debray-Genette, Raymonde. *Métamorphoses du récit*. Paris, Seuil, 1988.

_____. *Travail de Flaubert*. Paris, Seuil, 1983.

_____. *Flaubert à l'œuvre*. Paris, Flammarion, 1980.

Dufour, Philippe. *Flaubert et le Pignouf*. Saint-Denis, PUV (Presses Universitaires de Vincennes), 1993.

_____. *Flaubert ou la prose du silence*. Paris, Nathan, 1997.

Durel, Marie. *Classement et Analyse des Brouillons de* Madame Bovary *de Gustave Flaubert*. Thèse – docteur de l'Université de Rouen présentée et soutenue le 22 janvier 2000 sous la direction de M. Yvan Leclerc.

Felman, Shoshana. *La folie et la chose littéraire*. Paris, Seuil, 1978.

Foucault, Michel. *La Bibliothèque fantastique. À propos de la "Tentation de Saint Antoine"* de Gustave Flaubert. Bruxelles, Ante Post, 1995 (Paris, Seuil, 1983).

Galíndez-Jorge, Verónica. *Alucinação, Memória e Gozo Místico. Dimensões dos Manuscritos de* Un Coeur simple *e* Hérodias *de*

Flaubert. Dissertação de mestrado, Universidade de São Paulo – FFLCH, 2000 (inédita).

GIRARD, Marc. "Les souffrances du jeune Flaubert. Aprentissage et rupture chez l'auteur de *Madame Bovary*". *Mimesis et Semiosis. Littérature et représentation*. Paris, Nathan, 1992.

GOLDIN, Jeanne. *Les comices agricole de Gustave Flaubert. Transcription intégrale et genèse dans le manuscrit g 223*. Genève, Droz, 1984.

GOTHOT-MERSCH, Claudine. *La genèse de Madame Bovary*. Genève--Paris, Slaktine Reprints, 1980. [Réimpression de l'édition de Paris, 1966.]

JAMES, Henry. *Du roman considéré comme une des beaux-arts*. Paris, Christian Bourgeois, 1987.

JULLIARD-MONDON, Geneviève. *Genèse du personnage de Salammbô d'après les manuscrits autographes de Gustave Flaubert*. Thèse, Paris, 7 Lettres, 25 jan. 2002, Directeur M. Pierre-Marc de Biasi.

LEBRAVE, Jean-Louis. "De la substance de la voix à la substance de l'écrit". *Langages*. Sept. 2002. 147, Paris, Larousse, pp. 8-18.

LE CALVEZ, Eric. "Génétique, poétique, autotextualité. (Salammbô sous la tente)". *L'Esprit Créateur*, vol. XLI, n. 2, summer 2001, pp. 29-39, Georgia State University.

_____. *Génétique et poétique de la description. L'Éducation Sentimentale de Flaubert*. Tese.

LECLERC, Yvan. *La spirale et le monument. Essai sur* Bouvard et Pécuchet *de Gustave Flaubert*. Paris, Sedes, 1988.

LELEU, Gabrielle. *Madame Bovary. Ébauches et fragments inédits recueillis d'après le manuscrits par Mlle. Gabrielle Leleu, bibliothécaire à Rouen*. Paris, Louis Conard, 1936.

LUKÁCS, Georg. "Narrar ou Descrever? Contribuição para uma Discussão sobre o Naturalismo e o Formalismo". *Ensaios sobre Literatura*. Rio de Janeiro, Civilização Brasileira, 1965. [Trad. Giseh Vianna Konder.]

NEEFS, Jacques. "La projection du scénario". *Études Françaises, 28*. Paris, 1, 1992.

_____. "La figuration réaliste. L'exemple de Madame Bovary". *Poétique*. IV, 16 (nov. 1973), pp. 466-476.

PERRONE-MOISÉS, Leyla. "A Educação Escritural ou o Outro Flaubert". *Flores da Escrivaninha*. São Paulo, Cia. das Letras, 1998, pp. 67-83.

RICHARD, Jean-Pierre. *Littérature et sensation. Stendhal et Flaubert*. Paris, Seuil – Points, 1954.

SAINT-BEUVE, Ch. A. "Madame Bovary par Gustave Flaubert". *Les Grands Écrivains français, XIXe siècle – Les romanciers*, vol. II, Paris, Garnier, 1927.

SCHMID, Marion. *Processes of Literary Creation. Flaubert and Proust*. Oxford, Legenda, 1998.

SÉGINGER, Gisèle. *Flaubert. Une éthique de l'art pur*. Paris, Sedes – Questions de littérature, 2000.

_____. *Naissance et métamorphoses d'un écrivain*. Paris, Honoré Champion, 1997.

SPITZER, Leo. *Études de style*. Paris, Gallimard-Tel, 1970.

THOREL-CAILLETEAU, Sylvie. *La tentation du livre sur rien. Naturalisme et décadence*. Mont-de-Marsan, Editions Interuniversitaires, 1994.

TORO, Alfonso del (org.). *Gustave Flaubert. Procédés narratifs et fondements épistémolgiques*. Germany, Gunter Narr Verlag Tübingen, 1987.

VARGAS-LLOSA, Mario. *La Orgia perpetua. Flaubert y Madame Bovary*. Barcelona, Seix Barral, 1975.

WILLEMART, Philippe. *O Manuscrito em Gustave Flaubert. Transcrição, Classificação e Interpretação do Proto-texto do 1º Capítulo do Conto "Heródias"*. São Paulo, Boletim 44. Departamento de Letras Modernas n. 15, Curso de Língua e Literatura Francesa, 1984.

TEORIA E CRÍTICA LITERÁRIA

AMIGO PINO, Claudia C. *A Ficção da Escrita,* Cotia (SP), Ateliê Editorial, 2004.

AMIGO PINO, Claudia C. e Zular, Roberto. *Escrever Sobre Escrever. Introdução Crítica à Crítica Genética*. São Paulo, Martins Fontes, 2007.

_____. "Crítica Genética Francesa: Revolução e Reação". *Manuscrítica 9*. São Paulo, Annablume, 2001, pp. 153-176.

AUERBACH, Eric. *Mimesis*. São Paulo, Perspectiva, 1994.

BARTHES, Roland. *Le degré zéro de l'écriture. Suivi de Nouveaux essais critiques*. Paris, Seuil-Points, 1953 e 1972.

_____. *L'aventure sémiologique*. Paris, Seuil, 1985.

BIASI, Pierre-Marc de. *La génétique des textes*. Paris, Nathan Université, 2000.

BOURDIEU, Pierre. *As Regras da Arte*. São Paulo, Companhia das Letras, 1996 (1992, Seuil). [Trad. Maria Lucia Machado.]

CALVINO, Italo. *Por que Ler os Clássicos*. Tradução Nilson Moulin. São Paulo, Companhia das Letras, 1991.

CASTEX, Pierre Georges. *Le conte fantastique en France. de Nodier à Maupassant*. Paris, José Corti, 1951.

COMPAGNON, Antoine. *La Troisième République des Lettres*. Paris, Seuil, 1983.

CRISTO, Maria da Luz Pinheiro. *Memórias de um Certo Relato*. São Paulo, Dissertação de Mestrado, FFLCH – USP, 2000 (inédita).

FALCONER, Graham. "Où en sont les études génétiques?". *Texte*. Toronto, Trintexte, 1988, n. 7.

FERRER, Daniel. "Quelques remarques sur le couple énonciation-genèse". *Texte: L´énonciation et la pensée dans le texte*. Trinity College, Toronto, (Canadá), Trintexte, 2001. pp. 7-24.

FOUCAULT, Michel. *Archéologie du Savoir*. Paris, PUF, 1969.

GENETTE, Gérard. *Figures*. Paris, Seuil, 1966.

_____. *Figures II*. Paris, Seuil, 1969.

_____. *Figures III*. Paris, Seuil, 1972.

_____. *L'œuvre de l'art. La relation esthétique*. Paris, Seuil, 1997.

GIRARD, René. *Mensonge romantique et vérité romanesque*. Paris, Grasset, 1961.

GRÉSILLON, Almuth. "Langage de l´ébauche: parole intérieure extériorisée". *Langages*. Sept. 2002, 147, Paris, Larousse, pp. 19-38.

_____. *Éléments de Critique Génétique. Lires les manuscrits modernes*. Paris, PUF, 1994.

GRUNBERGER, Bela & CHASSEGUET-SMIRGEL. Janine (org.). *La sublimation. Les sentiers de la création. Les grandes découvertes de la psychanalyse*. Paris. Tchou, 1979.

HAMON, Philippe. *Du descriptif*. Paris, Hachette – Supérieur, 1993 (1981).

_____. *Imageries. Littérature et image au XIXe siècle*. Paris, José Corti – Les Essais, 2001.

ISER, Wolfgang. *O Ato da Leitura. Uma Teoria do Efeito Estético*. São Paulo, 34, 1996 (trad. Johannes Kretschmer) (1976).

LEBRAVE, Jean-Louis. "La critique génétique: une discipline nouvelle ou un avatar moderne de la philologie?". *Genesis 1*. Paris, 1992, pp. 33-72.

MITTERAND, Henri. *Le regard et le signe*. Paris, PUF-Écriture, 1987.

RABAU, Sophie. *Fictions de présence. La narration orale dans le texte romanesque du roman antique au XXe. siècle*. Paris, Honoré Champion, 2000.

RICŒUR, Paul. *Temps et récit*. Paris, Seuil, 1984.

SCHOR, Naomi. *Lectures du détail*. Paris, Nathan, 1994 (trad. Luce Camus), (1987 USA).

WILLEMART, Philippe. *Universo da Criação Literária*. São Paulo, Edusp, 1993.

_____. *Bastidores da Criação Literária*. São Paulo, Iluminuras, 1999.

_____. *Educação Sentimental em Proust*. São Paulo, Ateliê Editorial, 2002.

WUNENBURGER, Jean-Jacques (org.). *Art, Mythe et création. Figures libres*. Paris, Le hameau, 1988. recueil coll.

ZULAR, Roberto (org.). *Criação em Processo. Ensaios de Crítica Genética*. São Paulo, Iluminuras, 2002.

_____. *No Limite do País Fértil. Os Escritos de Paul Valéry entre 1894 e 1896*. São Paulo, Tese de doutorado, FFLCH-USP, 2001 (inédita).

ALUCINAÇÃO/LOUCURA/MEMÓRIA

BERGSON, Henri. *Matière et Mémoire*. Paris, PUF, 1949.

BRIERRE DE BOISMONT, A. *Des hallucinations. Ou Histoire raisonnée des aparitions, des visions, des songes, de l'extase, du magnétisme et du somnabulisme*. Paris, Germer Baillière, 1852 (2nde éd. entièrement refondue).

CABANES, Jean-Louis. *Le corps et la maladie dans les récits réalistes (1856-1893)*. Paris, Klicksieck, 1991.

ESQUIROL, Jean-Étienne-Dominique. *Des maladies mentales*. (1838). Paris, Frénésie, Collection INSANIA Les Introuvables de la Psychiatrie, 1989.

Foucault, Michel. *Histoire de la folie à l'âge classique*. Paris, Gallimard, 1972.

Figuier, Louis. *Histoire du Merveilleux dans les temps modernes*. Paris, Hachette, 1860 (2ème. édition).

Görres, Johann-Joseph von. *La mystique divine, naturelle et diabolique*. (trad Charles Sainte-Foi) [Première édition chez Mme Vve Poussielgue-Rusand. Paris, MDCCCLIV-V] Grenoble, Jérôme Millon, 1992.

Groddeck, Ch. *De la maladie démocratique, nouvelle espèce de folie*. Traduit de l'allemand du Dr. Groddeck – 1850 (edição desconhecida, reproduzida em microfichas da Biblioteca Nacional de Paris).

Kardec, Allan. *Le livre des esprits*. Reproduction intégrale de l'éd. Dentu de 1857. Paris: Vermet, 1991.

Lélut, Louis-Francisque (Dr.) *De l'amulette de Pascal, étude sur les rapports de la santé de ce grand homme à son génie*. 1845 extrait des *Annales Médico-psychologiques*. Paris, J. B. Bailliére, 1846 (Microfichas).

Maury, Alfred (Louis-Ferdinand). *Le sommeil et les rêves. Études psychologiques sur ces phénomènes et les divers états qui s'y rattachent*. Paris, Didier et cie., 1861.

Ponnau, Gwenhaël. *La folie dans la littérature fantastique*. Paris, PUF écriture, 1997.

Rigoli, Juan. *Lire le délire. Aliénisme, rhétorique et littérature en France au XIXe. siècle*. Paris, Fayard, 2001.

Schreber, Daniel Paul. *Mémoires d'un névropathe*. Éditions du Seuil, Paris, 1975 (1903).

Tadié, Jean-Yves e Marc. *Le sens de la mémoire*. Paris, Gallimard, 1999.

Torontese, Paulo. "Au delà de l'illusion: l'art sans lacunes". *Les arts de l'hallucination* (dir. Donata Pesenti Campagnoni e Paolo Torontese). Paris, Presses de la Sorbonne Nouvelle, 2001.

Coleção Estudos Literários

———◆———

1. *Clarice Lispector. Uma Poética do Olhar*
   Regina Lúcia Pontieri
2. *A Caminho do Encontro. Uma Leitura de* Contos Novos
   Ivone Daré Rabello
3. *Romance de Formação em Perspectiva Histórica.* O Tambor de Lata *de G. Grass*
   Marcus Vinicius Mazzari
4. *Roteiro para um Narrador. Uma Leitura dos Contos de Rubem Fonseca*
   Ariovaldo José Vidal
5. *Proust, Poeta e Psicanalista*
   Philippe Willemart
6. *Bovarismo e Romance:* Madame Bovary *e* Lady Oracle
   Andrea Saad Hossne
7. *O Poema: Leitores e Leituras*
   Viviana Bosi et al. (orgs.)
8. *A Coreografia do Desejo. Cem Anos de Ficção Brasileira*
   Maria Angélica Guimarães Lopes
9. Serafim Ponte Grande *e as Dificuldades da Crítica Literária*
   Pascoal Farinaccio
10. *Ficções: Leitores e Leituras*
    Viviana Bosi et al. (orgs.)
11. *Samuel Beckett: O Silêncio Possível*
    Fábio de Souza Andrade

12. *A Educação Sentimental em Proust*
    Philippe Willemart
13. *João Guimarães Rosa e a Saudade*
    Susana Kampff Lages
14. *A Jornada e a Clausura*
    Raquel de Almeida Prado
15. *De Voos e Ilhas. Literatura e Comunitarismos*
    Benjamin Abdala Junior
16. *A Ficção da Escrita*
    Claudia Amigo Pino
17. *Portos Flutuantes. Trânsitos Ibero-afro-americanos*
    Benjamin Abdala Junior et al. (orgs.)
18. *Percursos pela África e por Macau*
    Benilde Justo Caniato
19. *O Leitor Segundo G. H.*
    Emília Amaral
20. *Angola e Moçambique. Experiência Colonial e Territórios Literários*
    Rita Chaves
21. *Milton Hatoum: Itinerário para um certo Relato*
    Marleine Paula Marcondes e Ferreira de Toledo
22. *Mito e Poética na Literatura Contemporânea. Um Estudo sobre José Saramago*
    Vera Bastazin
23. *Estados da Crítica*
    Alcides Cardoso dos Santos (org.)
24. *Os Anos de Exílio do Jovem Mallarmé*
    Joaquim Brasil Fontes
25. *Rabelais e Joyce: Três Leituras Menipeias*
    Élide Valarini Oliver
26. *Manuel Bandeira e a Música com Três Poemas Visitados*
    Pedro Marques
27. *Nas Tramas da Ficção. História, Literatura e Leitura*
    Clóvis Gruner e Cláudio DeNipoti (orgs.)
28. *Cabo Verde. Literatura em Chão de Cultura*
    Simone Caputo Gomes
29. *Diálogos Literários. Literatura, Comparativismo e Ensino*
    Agnaldo Rodrigues da Silva (org.)

30. *Olga Savary. Erotismo e Paixão*
    Marleine Paula Marcondes e Ferreira de Toledo
31. *Axis Mundi. O Jogo de Forças na Lírica Portuguesa Contemporânea*
    Nelson de Oliveira
32. *Portanto... Pepetela*
    Rita Chaves e Tania Macêdo (orgs.)
33. *Marx, Zola e a Prosa Realista*
    Salete de Almeida Cara
34. *Fogos de Artifício: Flaubert e a Escritura*
    Verónica Galíndez-Jorge

Título	*Fogos de Artifício: Flaubert e a Escritura*
Autora	Verónica Galíndez-Jorge
Editor	Plinio Martins Filho
Produção Editorial	Aline Sato
Capa	Tomás Martins
Ilustração da Capa	Salete Mulin
Revisão	Aristóteles Angheben Predebon
	Plinio Martins Filho
Editoração Eletrônica	Daniel Lopes Argento
	Daniela Fujiwara
Formato	12,5 x 20,5 cm
Tipologia	Times
Papel	Cartão Supremo 250 g/m² (capa)
	Polén Soft 80 g/m² (miolo)
Número de Páginas	208
Impressão e Acabamento	Gráfica Vida e Consciência